JN126523
（う、嘘だろぉ……？）
『わんこ三匹』が
『犬耳犬しっぽの幼児３人』に
化けてしまった！
Illustration :
Roro Kamijyou

セシル文庫

ケルベロスと名乗る激かわチビたちに懐かれてしまったんだが、俺はいったいどうすればいいんだ？

吉田珠姫

イラストレーション／上條ロロ

目次

この作品はフィクションです。
実在の人物・団体・事件などに
一切関係ありません。

ケルベロスと名乗る
激かわチビたちに懐かれて
しまったんだが、

俺はいったい
どうすればいいんだ？

1

凍(こご)えるような寒い朝だった。

時刻は早朝の五時。

玄関ドアを開け、顔を出して、空知陽太(そらちようた)は一瞬ひるむ。

湿気が強い。今にも雨粒が落ちてきそうだ。降ってきたら、雪になってしまうかもしれない。

陽太は自分の胸からポンポンと叩きおろしながら、今着ている服を点検してみる。

(今日は、作業着の下にハイネックのシャツを着たし、ニッカズボンの下にも厚めのタイツを履いたし)

もちろん上にはジャンパーも着ている。いくら寒くても、これくらい着込んで行けば大丈夫だろう。

ついでに髪もさわってみる。

（うん。今日もしっかり固まってんな）

陽太は髪をピンクに染めて、つんつんに立たせている。

背が低いから、仕事をしている時にどこにいるかわからない。目立つように髪でも染めてこいと職場の先輩が金まで渡してくれたので、そのとおりにしたのだが、けっこう評判がいいし、本人も気に入っている。

よし。準備万端だ、と陽太は振り返り、アパートの室内に向かって元気よく声をかけた。

「じゃあ俺、行ってくっからな、かーちゃん！」

奥のほうから、かすかな返事がある。

「………大丈夫、陽太？　寒くない？　忘れものはない？」

布団に寝ている母の声だ。

貧乏ぼろアパートで、部屋は奥の和室一間きりなので、玄関先でもかろうじて聞き取れるが、本当に小さくて弱々しい声だ。

胸が痛くなりそうだったので、陽太はカラ元気で応えた。

「大丈夫だって！　寒くねーよ。俺はピチピチの二十歳だぜ？　こんな程度の寒さでやられっかよ！　忘れもんもねぇよ。弁当も持ったし。かーちゃんこそ、あったかくして寝てんだぞ？　今日、ほんとに寒ィぞ？　雪になっかもしんねーからなっ」

おっと、忘れてた、といったん靴を脱いで和室まで駆けていって、電気ストーブを寝ている母の手が届くあたりまでズルズル引っ張っていった。

「寒かったら、ストーブ、つけろよな？」

「でも、電気代が……」

気弱な母の言葉を抑え込むように言う。

「いいって！　俺が頑張って働くから、そんなこと気にしなくていいんだよ！　俺、親方たちに気に入られてっからよ。仕事覚えも早いって、昨日も褒められたんだぜ？　もうちょっとしたら資格試験も受けられそうだからさ！　そしたらもっと稼げるしな！　なあ～んにも心配することねーんだからなっ」

母は心臓が悪い。

心臓だけではなく、身体のあちこち、そこらじゅう悪い。

頑張って働きすぎたのだと思う。

陽太の父親は陽太が母のお腹の中にいる時に、交通事故で亡くなったのだという。

母にも父にも親族がいなかったため、母は誰にも頼れずに陽太を産み育てた。

もとから病弱な体質だったらしいが、そういう長年の苦労が積み重なり、陽太が十五歳になった頃には、ほぼ寝たきりとなってしまった。

だから陽太は、高校へは行かず、中学を卒業してすぐに働きに出た。中卒でも雇ってくれるという近所の工務店に飛び込んだのだ。そこで足場職人の見習いにしてもらって、もう五年になる。

親方たちに可愛がられているというのも本当だ。

小さな工務店で働いているのは、親方と奥さん、先輩職人さんたちが五人。親方は五十代の働き盛りで、職人さんたちは三十代か四十代。みんないい人ばかりだ。

空知家の家庭事情も知っているから、なにかと気遣ってくれる。雇ってくれただけでもありがたいのに、人間関係までいいなんて、本当に最高の職場だと思っている。

まだ陽が昇らない早朝の道を、陽太は、タッタッタッと駆けて行く。のんびり歩くと寒さが身に染みてしまう。走ったほうがあたたかい。

工務店の事務所は、アパートから走って十五分くらいのところにある。施工(せこう)先での仕事開始時間が八時半。なのに、なぜ早朝出勤なのかというと、それまでに資材をトラックに積み込み、その日の施工先まで移動するからだ。

そこで荷を下ろし、さあ始めるぞ、っていうのが八時半なので、遠い施工先の場合は、そのぶんの積み込み時間、移動時間も計算に入れなければいけないのだ。

(たしか今日は、隣の県だったよな?)

高所の仕事を『鳶職』というが、それはビル建設や、橋の建設などの高所作業を担う人たちの職名だ。『足場職人』は、一般住宅の足場組みをする。よく街中で家のまわりに幕が張られているのを見るだろうが、あれをする仕事だ。

指定された家のまわりに足場を組み、まわりを汚さないように養生幕を張り、そのあと塗装職人や屋根職人に仕事を引き継ぐ。数日経ち、作業が終了したという連絡がきたら、また足場を解体しに行って、資材を撤収する。毎回そういう段取りだ。

そこで——駆けていた陽太は、目のはしになにかを認めた。

反射的に足を止める。

道端に自動販売機があるのだが、その横、ゴミ箱のあたりに、早朝の暗がりの中でもなにかがあるのがわかった。

五十センチ程度の黒い塊だ。丸っこく、もふもふしている。

「……なんだ、ありゃあ? 古毛布でも捨ててあんのか?」

すると! 黒いもふもふが、キュウウ〜ン、と鳴いたのだ!

「おわっ!」

一瞬ひるんだが、よく見ると、くりくりとした目がこっちを見つめているではないか！

毛布なんかじゃない。動物だ！　それも、生きてるやつだ！

慌ててしゃがみこんで見る。

「………もしかしておまえ、犬、かぁ……？」

声に反応するように、塊が三つに分かれた。キュウウ～ンの声も三つになった。

「げ！　嘘だろっ？　三匹もいんのかよっ!?」

寒さのため、みんなでぎゅうう～っと身を寄せ合っていたらしく、一匹ずつに分かれると、それぞれは三十センチほどの仔犬だった。

仔犬たちは陽太を見上げて、ぶるぶる震えている。

陽太は動物が大好きだ。見るとほうってはおけない。

そっと背中に手を伸ばしてみる。

仔犬は一瞬怯(おび)えたようにビクッと身を震わせたが、おとなしく触られている。

指が埋まり込んだ。もっふもふで、ふわふわの毛だ。

とにかく、めちゃめちゃ可愛かった。ぬいぐるみでもこんなに可愛いヤツ売ってないぞ、と思うくらい、とんでもなく可愛かった。それがなんと三匹だっ！

陽太は天を仰(あお)いで嘆(なげ)きたくなった。

（………やべ。……これはまじにヤバイぞ……）

捨て犬か？　迷い犬か？

首輪はつけていないようだ。……ようだ、というのは、あまりにふかふかもっふもふの毛並みなので、首元になにかが埋まっていても、見ただけではわからなかったからだ。

一匹を抱き上げて、指を首のあたりの毛に潜り込ませて探ってみる。

首輪らしきものはつけていない。

またしても天を仰ぎたくなってしまった。

「……捨て犬決定じゃねぇか」

足元があったかくなった。安全な人間だとわかったのか、あとの二匹も陽太の脚に身体をすり寄せている。

めまいを起こしそうだった。

（うわぁ。なんだよ、このもふもふ天国は……）

三匹とも熊の子のような黒犬で、外見がそっくりだから、たぶん兄弟だろう。

自動販売機の明かりで顔を覗き込んでみる。一匹ずつ微妙に顔が違う。笑っているような顔つきのヤツ、困っているような顔のヤツ、ちょっとふてくされているような顔のヤツ。

だが、どの犬もめっちゃめちゃ可愛いのだ。

ああっ、一匹ずつ抱きしめて頬ずりしたい！　むぎゅううっと胸にかかえたい！　もふもふに顔を埋めて匂いを嗅ぎたいっ！　と湧き起こる煩悩を抑え込み、……いやいや、落ち着け俺、と陽太はいったん大きく深呼吸をした。

そして気づいたのだ。仔犬たちの様子がおかしいことに。

妙に元気がない。ぐったりしているように見える。

「もしかしておまえら、腹へってんのか？」

言葉がわかるかのように、三匹はまたしてもキュイ～ンキュイ～ンと鳴き出す。

しかし陽太のほうは、がっくりと肩を落としてしまった。

「だけど、……俺、金ねーんだよ。ドッグフードとか、買えねーんだ」

その言葉も理解したのか、仔犬たちは露骨にしょげてしまった。耳もシッポもぺったりと垂れている。

あまりに可哀相すぎて、見ていられなくなった。

そうだ！　と思いつき、陽太は背負っていたリュックをおろし、ごそごそと包みを取り出した。

「俺の弁当だけど、……それも今日はおかずがなくて、おにぎりだけなんだけど……こんなもんでも、食うか？」

犬って、おにぎり食うのかな？　塩気とかあるけど、大丈夫かな？　中身も、かつおぶしに醤油をかけただけのヤツだけど。

ラップをはがして、地べたに置いてやる。ちょっと悩んだが、三匹いるから弁当全部ぶんのおにぎり三個を置いてやった。

犬たちは、恐る恐るといったふうに鼻を近づけ、一度ペロッと舌先でおにぎりを舐め、——互いに顔を見合わせるやいなや！

がふがふがふっ！

猛烈な勢いで貪り出したのだ！

垂れていた耳もシッポもピンッと立ち上がっている。

がふがふがふがふがふっっ！

自分たちの顔くらいあるおにぎりに、一心不乱に喰らいつき、米粒をまわりに飛び散らせながら貪り喰う。

がふがふがふがふがふがふがふっっっ！

あまりの勢いに吹き出してしまった。

「そんなに腹へらしてたのか？　……そっかそっか、うまいか」

あっという間に喰らい尽くすと、三匹はシッポをパタパタ盛大に振って、もっとないの

ぉ？　みたいに、また陽太の足に絡みついてくる。

「いや、そんだけだよ。悪いな」

そっか。ないのかぁ。という感じで、パタパタ振ってたシッポの動きがピタッと止まる。地面に飛び散らせていた米粒ひとつひとつを、もったいなげに食べに行き、全部食べ終わると、ふたたび戻ってきた。

三匹揃って、目をキラキラさせて陽太を見上げている。

あなたは親切な人だから、もちろんこのあとは拾ってくれますよねっ？　あったかいところに連れて行ってくれますよねっ？　みたいな期待をこめまくった目つきだ。

陽太は胸の痛みを抑えつつ、謝った。

「ごめん。連れてくわけにはいかねぇんだよ。俺、これから仕事なんだわ」

とたんに、犬たちがしょげたのがわかった。

動物なのに、がっかりしたのがなぜか露骨に伝わるのだ。この犬たちは、やはりある程度、人の言葉がわかるのかもしれない。

うつむいて、キュウ～ンと悲し気に鳴いている三匹を見て、またもや陽太は悶絶（もんぜつ）しそうになった。

（……ああっ……胸がいてぇ）

誰だよ、こんな可愛いヤツら、捨てたのっ？
どうすんだよ、こんな寒い日に！　いくらもこもこのふわふわでも、仔犬だぞ？　今日は雪になるかもしれねーのに、いったいなに考えてんだよっ!?　と、誰だかわからない捨て主に内心罵声（ばせい）を浴びせてみるが、そんなことをしても事態が好転するわけもない。急に暖かい季節になるはずもないし、犬を複数匹飼いたくてたまらないお金持ちが運よく通りかかってくれるはずもない。

そうこうしているうちに時は過ぎていく。早く職場に向かわなければいけない。

なにしろ今日の仕事先は隣県だ。いつもより遠い場所なのだ。

心を鬼にして立ち上がった陽太は、仔犬たちにせめてもの慰めを吐いた。

「で、でもな。――おまえら、めたくそ可愛いからよう。きっと誰かに拾ってもらえっからさ！　もうちょいしたら、明るくなるしよ。……な？　だから、勘弁してくれよな？」

返事は聞かずに、ぎゅっと瞼を閉じる。

後ろ髪引かれまくりで、後頭部がハゲてしまうのではないかという気分だったが、なんとか陽太はその場をあとにして駆け出した。

2

足場職人の仕事はハードだ。

力仕事だということもあるが、なにしろ基本が屋外作業なので、冬はバカ寒いし、夏はバカ暑い。

使う鉄パイプ——鉛管（えんかん）とも言うが——それも、外気（がいき）に影響されるので、冬に持つと氷の棒のようだし、夏に持つと炎の棒のようだ。

ハードなのは、それだけではない。組み立てる際は、カンカンと金属音が鳴る。職人同士、タイミングを合わせないとできない作業なので、当然ある程度の声掛けをする。資材を積んだトラックで、はからずも道を塞いでしまうこともある。

つまり、けっこう施工先の近隣住民に気を使わなければいけない仕事なのだ。そうしないと嫌な顔をされたり、怒られたりする。これがけっこう精神にくる。

だから陽太の働いている工務店では、あらかじめ挨拶まわりをすることになっていた。

「すみません。○日から△日程度、ご近所の××さんのお宅の外装塗装のため、職人が入ります。しばらく騒がしいと思いますが、よろしくお願いします。もしなにかありましたら、こちらにご連絡ください」

こんな感じで、ご近所の一軒一軒に工務店の名入りタオルを差し出すのだ。

一番下っ端の陽太は、かならず挨拶まわりに駆り出されるので、この文章はもう暗記してしまっているほどだ。

——さて。今日の施工先は、二階建ての一軒家だ。

あらかた足場を組み終わった頃、永田(ながた)さんが声をかけてきた。

「おう、陽太、十二時だ。昼飯にすんぞ！」

永田さんは三十代前半の元ヤンで、やっぱり元ヤンのすごい美人の奥さんと、奥さん似の、将来ぜったい美人になるぞっていう三歳の娘さんがいる。口は悪いが、頼れる兄貴分って感じの人だ。

昼休憩はうれしい。陽太は待ってましたとばかりに応えた。

「うぃっす！」

基本的に職人たちは、大雨などでないかぎり外で食事を摂る。今日の施工先は幸い庭が広かったので、その端っこで休ませてもらうことになった。

さあ、飯だ飯だ！　と、トラックからリュックをおろしてきて、開けたとたん、――思い出してしまった。

（あ、いけね！　そういや、わんこどもに弁当やっちまったんだった！）

ってことは、今日は昼飯抜きだ。

施工先によっては昼飯やおやつを出してくれるところもあるが、それは期待してはいけない。あくまでも先様（さきさま）のご厚意だからだ。基本的に自分の食事は自分で用意するというのが、近頃の職人流儀だ。

どすん、と芝生の上に腰を下ろし、陽太は落胆の溜息をついた。

腹は減っているが、しかたない。我慢するしかない。わんこどもの可愛さに負けてしまった自分が悪いのだから。

陽太がいつまでも弁当を取り出さないので、親方が怪訝（けげん）そうに尋ねてきた。

「なんだ？　弁当忘れてきたのか？」

陽太は照れ笑いで頭を掻いた。

「いや、そうじゃねぇんすけど……くる途中でわんこ見つけて、……そいつらがあんまり腹すかしてるみてぇだったんで、弁当、全部やっちまったんす」

永田さんが呆れたような声で言った。

「バ～カ。おまえ、まーた動物拾っちまったのかよ？」

「い、いやっ、今回はこらえましたよ！　すんげえ可愛い仔犬三匹だったんすけど、……もちろん拾いたかったんすけど、またアパート追い出されちまったら、かーちゃん、可哀相だし……」

じつは、以前もそれで引っ越しを余儀なくされているのだ。

動物に好かれやすいのか、それとも自身が動物好きだから無意識に嗅ぎつけてしまうのか、陽太は異様に『捨て犬・捨て猫』に遭遇しやすかった。

遭遇してしまうと、当然連れて帰りたくなるのが動物好きのサガというものだ。

陽太は幼い頃から何度も動物を拾って帰って、アパートの大家さんをはじめ、他の部屋の住人たちに怒られてきたのだが、いくら怒られても懲りずに拾ってくるため、先月ついに追い出されてしまった。

そのあと、今のアパートに落ち着くまでがたいへんだった。極貧家庭の上、保証人になってくれる親族もいないため、なかなか次の部屋を借りられなかったのだ。

そういう痛すぎる過去があるので、陽太は、もうぜったい動物は拾わないぞと、固く心に誓っていた。

「……かーちゃんに、これ以上苦労かけたくないっすから」

親方も同意した。

「そうだな。おふくろさんにあんまり心配かけないようにしろよ？」

「はい」

「それで、おふくろさんの具合、どうなんだ？　少しはよくなったのか？」

陽太の母の体調のことは、職場のみんなが知っている。

「よく、ってぇか……かーちゃん、痛いとかつらいとか、言わねーもんで……」

それどころか、実は医者にもかかっていない。

あきらかに具合が悪そうなのに、母はそういうところだけは妙に頑固で、どうしても病院に行こうとはしない。

その理由を、陽太は先日ひょんなことから知ってしまった。

母は自分の健康保険料を払っていなかったのだ。

その場合、かかった医療費は丸々全額支払わなければいけない。

陽太のほうは、職場のほうできちんと保険加入してくれていたから、金のことはそれほど気にせず病院にかかれたが、母は自分のことはすべて後回しにしていたようだ。

だから陽太は、これまで以上に頑張って金を稼ごうと思っていた。

とにかく母は自分の扶養（ふよう）に入れた。あとは病院に行かせ、一度体全部を調べてもらわなければいけない。

　そこへ永田さんがコンビニ袋を探って、なにかをほうってくれた。

「ほら、陽太！」

　反射的に受け取る。やきそばパンだった。驚いて見ると、永田さんはニヤッと笑って言った。

「分けてやるから、食え。午後もしっかり働いてもらわなきゃいけねえからな」

　親方も小銭を投げてくれた。

「そこらへんに自販機あったろ？　あったかい飲みもんでも買ってこい」

　ありがてえ。みんないい人ばっかだし、俺、ほんとにいいとこに飛び込んだよな、と感謝の気持ちを込め、手を合わせて二人を拝む。

「あざっす！　じゃ、ありがたくいたーきます！」

　飛ぶように自販機まで駆けてって、ペットボトルのお茶を買って、また飛ぶように戻る。元のあたりの芝生に腰を下ろし、さっきの犬たちのように、がふがふやきそばパンを貪り食っていると、

「陽太、これも食え。うちの女房の玉子焼きはうめえんだぞ？」

　親方が、弁当箱から玉子焼きを取り出したので、慌てて掌で受け取る。

パクッと頬張り、思わず声を上げてしまった。

「うめえ！　甘い玉子焼きだぁ！　俺、甘いの好きなんすよ。ほんと、うめえなぁ」

「だろ？」

永田さんちは奥さんが臨月だとかで、この頃はコンビニのパンばかりだが、親方や他の先輩職人たちは、基本みんな保温できるタイプの弁当箱を持ってくる。ごはんやおかずだけではなく、みそ汁も熱いまま持ち運べるやつだ。

陽太もその保温弁当箱が欲しかったのだが、けっこう値が張る。

しかし母が働けない今、家賃や光熱費、食費に税金、生活していくにはかなりの金が必要なので、あまり贅沢はできないと我慢していた。

一日の仕事が終わり、事務所まで引き上げ、明日の予定を調べる。次の施工先の住所と、道順、移動時間、車を停めておける場所があるか、などだ。

もちろん鉛管が何本くらい必要かというのは、直接伺って計測後に決めるのだが、前日にもある程度の準備は必要なのだ。

明日、陽太は休みだった。工務店に定休日はないから、休みは交代で取る。

それでも、前日準備は翌日出勤の人の負担を減らすため、全員でやることになっていた。

あらかたの作業を終えれば、一日の仕事は終了だ。

「陽太、もう帰っていいぞ。明日、休みだったよな？」

「お疲れさん」

「ゆっくり休んどけよ？」

みんなの声に、ぺこりと頭を下げて応える。

「はい！　じゃ、お先、失礼しまーす！　お疲れっした！」

事務所から出ると、外はすっかり暗くなっていた。ぶるっと寒さに身震いする。やはりちらちらと粉雪が舞い始めていた。

よし！　と気合いを入れて、タッタッタッと勢いよく駆け出す。

駆けていいて、やはりあの仔犬たちのことが気になってしまった。駆ける速度も徐々に遅くなってしまう。

陽太は自分に言い訳をした。

（……ちょ、ちょっと、見てくだけだよ？　な？　そんならかまわねぇだろ？）

別に拾おうとしてるわけじゃねぇし、あんなに可愛かったんだから、たぶん誰かに拾われてんだろうし……それを見れば俺も安心できるし……。

しばらく走ると、今朝犬たちがいた付近の自動販売機が見えてきた。

その横のゴミ箱あたりにチラッと目をやり、

「ほ～ら、やっぱもういねえ……」

と、言いかけたとたん。

きゃんきゃんきゃんきゃん！

すごい勢いで黒い塊が三つ駆けてきて、陽太に飛びついたのだ！

一気に膝から力が抜けた。

（………まだいんじゃん……）

きゃんっきゃんっきゃんっ！

朝の人ですよね～？　よかったぁ～、ずっと待ってたんですぅ～、寒くて凍えそうでしたぁ～、お腹すいてるんですぅ～、助けてくださいぃ～、と涙ながらに訴えているようだ。

陽太は本気でがっくりきた。

「……まいったな。どうすんだよ？　俺、拾って帰れねーんだぞ？」

仔犬たちは、キラキラ☆瞳を輝かせて陽太を見上げている。

言葉なんかわかるわけもないのに、説教してやった。

「おまえら、今日一日なにやってたんだよ？　安全なとこに行かなきゃダメじゃねぇか。世の中、犬好きな人間ばっかじゃねぇんだぞ？　保健所に連絡入れちまうようなのだって、いるんだぞ？　保健所って、わかっか？　殺されちゃうかもしんねぇ場所だぞ？」

そうは言っても、さあどうするかと悩み始めた陽太だったが、――そこで背中のほうから誰かの視線を感じた。

陽太は自販機右側のゴミ箱の前にいた。視線は自販機の左側近辺からだ。

恐る恐る振り返ってみる。

「…………誰か、……いんのか……？」

黒い大きななにかが目に入った。

気づかなかったが、人が座り込んでいたらしい。

黒い人影は、のっそりと立ち上がった。

男だ。それも、非常に背の高い男。

長い、足首まであるフードつきマントのようなものを着ている。

（……う、わ）

本気で息が止まるかと思った。

自動販売機の明かりで浮かび上がったのは、凄まじい美貌の男だったからだ。

降り始めた雪が、まるで舞台効果のように彼のまわりで煌めいている。

その男は、陽太を見下ろして、ゆっくりと言葉を発した。

「我が名は、ハデス。冥界の王である」

耳から飛び込んできた声が鼓膜を震わせ、全身の細胞まで震わせた。これまで聞いた中でもっとも魅力的な、同性である陽太が聞いてもゾクゾクしてしまうような、低くて張りのある美声だった。

陽太は、ぽか〜〜〜〜んと口を開けて、その男を眺めてしまった。

（なんだよ、……こいつ……。芸能人とか、か…？　こんなに綺麗な人間、生まれて初めて見たぞ……？）

その上、存在感と威圧感がすごい。

見たところ二十代後半か三十代始めくらいに見える。背後にあるのが『ジュースの自動販売機』だというのがなんとも不釣り合いなほど、この世のものとは思えないようなイケメンだ。……いや、今風のそんな言い方よりも、昔っぽく、美青年とか美丈夫とか言ったほうがいいような、古今東西、世界各国どこの誰でも、「彼は美しい！」と断言してしまうだろうほどの壮絶なイケメンだ。

驚きながらも、むこうが名乗ったので、陽太も律儀に名乗ってしまった。

「………え？　えっと、お、俺は、陽太、っつーんだけど。空知、陽太」

ついでにペラペラと付け加える。なにか言っていないと、男性の美貌に圧倒されそうだった。

「歳は二十歳で、足場職人だ。今は仕事帰りなんだ」

男はゆっくりと歩み寄ってきた。

「丁寧な自己紹介であるな。褒めてつかわそう」

フードをはずした。その下から現れた髪は、電灯の光を弾いて黒々とした輝きを放っている。

近くで見ると、さらにその美しさに驚かされた。

外国の人のような風貌だったが、どこの国の人かはわからない。陽太の語彙力では、『すっげえ綺麗でかっこいい』としか表現しようがない。

(こいつ……本当に、生きた、生身の人間なのか？　３ＤのＣＧホログラムとかじゃねぇのか……？　整形したって、ここまで完璧な美男にはならねぇだろ？)

驚いたのはそれだけではない。男の着ていた服も凄まじかった。

ただの黒いマントかと思ったら、なんと全面に黒糸で刺繍が施されているのだ。そのうえ、黒色の宝石がたくさん縫い付けられている。見ただけでわかる。ビーズや模造品なんかじゃない。間違いなく全部が本物の宝石や黒真珠だ。とにかく、すべてにおいてものすご～～く手の込んだ作りの、重厚で、高価そうな衣装だった。

男は、おもむろに犬たちを指差し、

「そこな犬らは、我の配下であり、冥界の門番である。名はケルベロス」

それを聞いて、陽太はようやく我に返った。

いやいやいや。

お兄さん、いくらなんでも、その設定は無理があるってもんでしょう?

(なんだよ、こいつ? 頭のおかしいコスプレ野郎かよ?)

陽太は呆れ声を発していた。

「……あ、の、なぁ。——あんたの『冥界の王さまハデス』のコスプレは、そりゃあ、まあ、見事だと思うぜ? コスプレ世界大会でも優勝するくれぇ、似合ってるし、迫力満点だし、……だけどよう、このチビっこいわんこどもが『ケルベロス』役は、ちょっとばかし無理があんじゃねぇか? ケルベロスっていったら、俺でも知ってんぜ? すげえ怖くてデケえ、頭が三つある犬だろ? だから、もっと怖い顔の犬に、……ほら、頭、もう二個くっつけてさぁ……ハリボテとかで作って……」

身振り手振りつきで懸命に説明しているというのに、男はぶっきらぼうに応える。

「しかし、そやつらは正真正銘ケルベロスなのだ」

「だけど、首三つ、ねぇじゃねーか」

「こちらの世に、三つ首の生物はおらぬ。ゆえにケルベロスは首ごとに分かれたようだ。こちらの世界の生物のふりをするために」

そうだそうだ、とでもいうように、わんこたちはキャンキャン吠える。

「いや、……でもさ、こいつら、ちっとも怖くねぇぞ？　それどころか、バカ可愛いぞ？　こんな可愛いわんこ、めったにいねぇくらいだぞ？」

「我もそれは予想外であった。容姿は確かに違う。そのために、探し出すのに時がかかってしまった。察するに、身を三等分したため、一頭ずつは幼くなってしまったようだ」

「身を三等分って、そんなことできるのかよ？」

「いや、長い歳月を経て、面妖な術を習得したようだ。悠久の時を冥界の門番として働いてきたゆえ、死人か魔物になにやら策を教示されたのやもしれぬ」

陽太は頭を掻きむしりたくなった。

「あ～～、もうっ！　そこまで詳しく設定考えてあんのかよ！　コスプレやんのも、大変だよな！　――んじゃあ、乗りかかった舟だから、最後まで聞いてやっけどよぅ、あんたがハデスさまで、このもふもふ激カワわんこたちがケルベロスだとしてさ、いったいどういう理由で、日本の、こんな、地方都市の片隅の、そのまた片隅の、自動販売機のそばなんかにいるんだよ？」

「我にもわからぬ」

「なんでだよ？」

「ケルベロスの思考は読み難い。我が思うに、人界と冥界は隔てられた別世界ではあるが、反面、どこにでも繋がる世界でもある。ゆえに、ケルベロスも行き先などには頓着せず逃げたのであろう。この地に辿り着いたのは、あくまでも偶然である」

　本当にガリガリと爪を立てて頭を掻きむしりながら、陽太は叫んだ。

「言ってること、わかんねぇよっ。——そもそも、『ケルベロス』は、なんで人界なんかに逃げてきたんだよ？　『ハデスさま』の下で働いてて、冥界の門番やってる、ってのが設定なんだろ？　もうずっとそんな生活してたのに、なんで今さら逃げんだよ？」

　自分はハデスだと言い張るドえらい美形のお兄さんは、首を振る。

「……それもわからぬ」

「わからぬ、って……あんた、こいつらの飼い主じゃねえのか？」

「無論、我以外にそやつらの主はおらぬ」

「じゃ、じゃあ、ともかくさ、こいつら朝からここにいるんだぜ？　腹すかしてるし、寒くてたまんねぇんだろ？　ぶるぶる震えてんじゃねぇか。さっさと連れて帰ってやれよ」

「我もそう思ったのだが、予想外の事態に陥った」

「なんだよっ？」

「ケルベロスだけではなく、我も人間の姿などに扮したため、人界の理に掴まってしまったようだ。なにやら身に力が入らぬのだ。不本意ではあるが他者の助けを借りねば冥界に戻れそうにない」

「人界のことわり～？」

「さよう」

頼むから、古くせぇしゃべり方しねえでくれよ。俺、あんまし頭よくねぇんだよっ、とイライラしながらも、今の話の意味を考えてみる。

「……わんこたちとおんなじ、ってこたぁ……あんた、もしかして腹減って動けねえ、なんて言いてぇんじゃねえだろうな……？」

男は自身の腹部を手で押さえた。

「そうか。この腹部の不快感と全身を襲う虚脱感は……そうか、これが空腹というものなのか」

「なに、初めて腹減らした、みてぇなことほざいてやがるんだよっ。その歳まで一度も空腹になったことねーわけねぇだろっ」

「いや。神とは、食物を摂取しなくとも生きられる存在なのだ」

イライラは、イライライライラッ！　くらいに膨れ上がった。

「飯食わずに生きてけるわけねーだろ！　嘘つくんじゃねえよっ！」

ハデスは、ムッとしたように言い返してきた。

「我は偽(いつわ)りなど申しておらぬ。冥界の王となってから、偽りを申したことなど一度たりともないと断言できる」

陽太はあきらめた。こいつになにを言っても無駄だ。

「……あ～もうっ、ああ言えばこう言うで、あんた、かなりめんどくせぇ性格だな！」

顔だけはとんでもなく綺麗だけどな、と内心で付け加える。

ハデスは、すこし表情を緩めた。

「そなたは、非常に率直な物言いをする人間であるな」

「口が悪いってか？　んなこたぁ、自覚してっけどよう」

「我を恐れず直言(ちょくげん)する者になど、我は初めて出会った」

「ああ、そうか。あんた『ハデスさま』なんだもんな！　みんな怖がって怯(おび)えてるって設定なんだよなっ？　……わかった、わかった。納得してやるよ。そうじゃなくても、あんたになにか言える人間なんか、めったにいねぇよな。そりゃ当然だわ」

同性の陽太でさえ、ドキドキしてしまうのだ。女性だったら、彼の顔を見ただけでポ～

～ッとなってしまうだろう。

「……そなたの目には、我はそのように映っておるのか？」

「え？　なんだって？」

「いや、……いい。不思議な反応をすると思うただけだ。それにそなたは、髪色も奇妙であるな」

「あ、これは染めてんだよ。……なんだよ、あんた、カラーリングしてる人間、見たことねぇのか？」

「時折妙な髪色の者も来るが、我は頓着しておらなかった。そなたは、髪の色だけではなく、魂の色も他の者とは違う」

「魂の色だぁ～？　そんなもん、見えるわけねーだろっ」

と、そこで。

仔犬たちが陽太の脚にからみついているのに気づいた。

「なんだぁ？　どうもさっきから脚のあたりがもふもふしてると思ったら。おめえら、やっぱ寒いんだろ？　腹もすいてるみてぇだし」

ハデスが急に真面目な声で言った。

「そなたを見込んで、頼みがある。ケルベロスたちがそこまで懐いておるのだ。少々面倒を見てはくれぬか」

うわっ、そうきたかよ、と陽太はのけぞった。

「駄目だって！　うちんとこ、ペット禁止なんだよ！　前のとこも、俺が捨て猫拾って帰って、それが見つかって追い出されたんだよっ。……うち、もう金ねーんだって！　かーちゃんだって働けねぇし、俺だって、まだ国家試験も通ってねぇ見習い足場職人だし、今度追い出されたら、親子で心中しなきゃなんねーくらいなんだ」

美形兄さんは首をかしげる。

「ペット？」

なんだこいつ、言葉わかんねぇのか？　やっぱり外国人なのか？　と陽太は説明を付け加えた。

「ペットってのは、家で飼う動物のことだよ！　猫一匹だって駄目だったのに、こんなわんこ三匹もアパートに連れ込んだら、すぐ大家に見つかるって！　あんただけなら、まだなんとかなるだろうけど、わんこはダメなんだよ、まじで。勘弁してくれよ」

「アパート？」

「ああ、それもわかんねーのか？　……アパートってのはな、一般人が、間借りする部屋のことだよ。似たようなので、マンションってのもあるけど、そっちはだいたい大きなビルの、鉄筋工法で建てたリッチなやつ。アパートっていうと、もっとちいせえ、木造モルタル建てとかが多いな。値段もだいたいアパートのほうが安いんだ」

職業柄、つい建築材料まで説明してしまったが、急いで続ける。

「ということで、無理！　ダメ！　ほかをあたってくれよ」

「ほかと言われても、我は今日、昼時よりこの場に居るが、そなた以外は我らに見向きもしなかった。数名通りかかったが、恐怖心からか、目をそらして足早に立ち去り、取りつく島もない有様であった。……そなただけである。我らを恐れず、対峙したのは。ゆえに我は自(みずか)らの身分を明かすことにした」

「恐怖心って、……なに言ってんのかわかんねーけど。確かにここら、そんなに人通りねぇしなぁ。通っても、わんこ三匹も拾うわけいかねーし。あんただって、ほら、フードかぶって自販機の横で体育座りなんかしてたんだから、怖がったっていうより、不審者だと思ったんだよ。関わりたくなかったんだよ。ツラぁ見せて、声かけりゃあ、女の人とかだったらOKだったんだろうけど……う〜ん、そんでも無理かな。やっぱ場所が悪いって。田舎町の自販機の横だもんなぁ」

「フードは、致し方なかった。我は陽の光に弱いのだ」

「まぁ、あんた色白いもんな。肌が弱いのか。今日は真冬の曇りだったけど、そんでもキツかったのか。外国人さんは大変だな」

　ハデスはなぜだか陽太の顔をじっと見つめている。

「……な、なんだよ？　俺の顔になんかついてっか？」

「ついては、おらぬ。ただ我は感動しておるだけだ」

「なんか、いちいちわけわかんない反応するヤツだな。——ってことで、俺は帰るからよう、あんたも、さっさとそいつら連れて家に帰んな」

「無論帰る所存ではあるが、その前に我とケルベロスに食物と快適な休憩所を求む」

　どわぁぁぁ、と髪の毛何十本か引き抜いてしまうほど悶絶して、雄太は頭をガリガリ掻いた。

「だーかーら！　無理だって言ってんだろ！　わかんねぇヤツだな！」

「そこを重ねて、乞う。そなたは、ケルベロスも我も恐れてはおらぬ。稀有な存在である」

「だってあんた、『ハデスさま』なんだろ？　だったら、こんなとこでぐずぐずしてねぇで、一刻も早く冥界とやらに戻って、仕事を再開しなきゃなんねぇんじゃねーの？」

「冥界で流れる時は悠久である。人界で少々時を過ごしても大勢に影響はない」

　なにを言っても言い返されるので、低く唸ってしまった。

　真実を吐かないと、この男は引きそうにない。陽太はしぶしぶ言い訳を始めた。

「……ほんとさぁ、今住んでるとこ、やべぇんだよ」

あんまり言いたくはないが、初対面の男なのに、ついポロッと愚痴ってしまった。

「大家の郷田(ごうだ)ってのがさ、昔、かーちゃんの同級生だったとかで、今回、どこにも行き場のない俺ら、自分の持ちアパートに入居さしてくれたんだけどさ。……それは助かったんだけど、そん時は、ありがてぇと思ったんだけど。――でもそいつ、まだ独身で、中坊ん時から、かーちゃんに惚れてたらしくてさ。……うちのかーちゃん、めたくそ美人だからよう。気持ちはわかっけども、――で、問題はそこからでさ。郷田のやつ、完全、かーちゃん狙ってんだわ。俺んとこ、とーちゃん死んじまっていねぇし、かーちゃん身体悪いし、……とにかく、最初は食いもんとか差し入れてかーちゃんを落とそうとしたんだけど、ぜんぜんなびかなかったから、近頃は強引に出てくんだよ。自分の嫁になれば家賃タダにしてやるぞ、とか、これから苦労しないで暮らせるぞ、とか、俺がそばにいてもロコツに迫ってきてさ、……だから、わんこなんか連れ込んで、こっちが弱み見せたら、それをネタにもぉぉ～～っと、かーちゃんに迫るに決まってんだろ？　だから無理なんだよ」

ハデスは、ふむふむとうなずいた。

「理解した。人の姿の我はよくて、犬であるケルベロスは駄目なのだな？　ならば、そやつらが犬姿ではなければよいのか？　それくらいの余力は、今の我にも残されておるから対処しよう」

「……あ？　ああ。……なんだよ？　服でも着せて、人に見せかける、とかいう案なら駄目だぜ？　そんなもんでなんとかなんなら、今までだって俺、猫でも犬でも連れ込んでたさ。でも、動物って鳴くしなぁ」

「鳴きはせぬ」

「口輪でも噛ませよう、ってのか？　それも可哀相だろ？　だからさ……」

美形兄さんは、陽太の言葉など無視して、おもむろに手を挙げた。

そして、荘厳（そうごん）な物言いで命じたのだ。

「我、ハデスが命ずる。――ケルベロスよ、人の姿となれ」

ぽんっ！

腰を抜かすという現象が実際に起きるということを、陽太は生まれて初めて知った。

気づくと、陽太は道で尻もちをついていた。

目の前にいたのは、幼児三人だった。

頭には黒い耳が生え、おしりには黒いもふもふしっぽも生えている。

（う、嘘だろぉ……？）

瞼をこすって見直してみても、人間だ。三歳くらいの、めちゃめちゃ可愛い男の子三人が、全裸で立っているのだ。

「なんだ、こいつら……？　お、おい、あんた！　今、なんか手品でも使ったのか？　だって、……え？　わんこたち、どうしたんだよ？　……ってか、」

陽太は子供たちのそばまで這って行き、おずおずと手を伸ばした。一人の耳に触って、引っ張ってみる。

きゃんっ。

痛がったようなので、慌てて離す。

「……まじ、ほんとに生えてんじゃん。ってか、普通の人間の耳の位置じゃなくて、ほんとに犬の耳の位置じゃん。特殊メイクか……？」

しっぽも触って、引っ張ってみる。

きゃん、きゃんっ。

今度は睨んできたから、やはり慌てて離す。

「ごめんごめん！　痛かったか？　悪かったな。……でも、こっちも、まじで生えてんじゃん。……なに、これ？　どういうことだよ？　すげえうまくくっつけてあんのか？」

ハデスはひょうひょうと答える。

「そなたが犬姿ではまずいと申したゆえ、人に似せた。だがやはり元がケルベロスゆえ、完全な姿にはならぬらしい。耳と尾が残ってしまった」

思わずあたりを見回していた。

「なんだよ、これ？　ドッキリか？」

いや、芸能人ならまだしも、俺を騙してもいい画なんか撮れねーだろうし、……あっ、ユーチューブとかか？　近所にユーチューバーがいるのか？　近頃、ドッキリ配信、流行りらしいしな。それだったら、手近な一般人をターゲットにしてもおかしくねぇよな？

陽太自身は、貧乏生活でスマホも持っていないため、……もっと言うと、家に固定電話すらついていない——世間の波にはまったく乗れていないのだが、現実に目の前で『わんこ三匹』が『犬耳犬しっぽの幼児三人』に化けてしまったのだから、なにか納得できる理由を考えるしかない。

「……なあ、さっきのわんこども、どこ行ったんだよ？」

「そこにおるではないか」

「いや、さっきのは『犬』じゃん。でも、こいつら、『人間』じゃん」

「わけのわからぬことを。そなたが人にせよと申したので、そうしたのみ」

頭の中がぐちゃぐちゃだった。

チビたちも、お互いの姿をびっくりしたような顔で見つめている。

するとハデスは、くいっと顎を上げ、またもや荘厳な物言いで命じたのだ。

「そなたら、その者に訴えよ。我らは今、救いを求めておると。人界の言葉を発せよ、ケルベロス」

幼児たちは互いに顔を見合わせ、コ、コホ、きゃ、きゃんと喉を押さえながら二言三言声を発し、

「……ハ…」

「……ハ、デッ、」

「……ハデッ、…たまァ」

ハデスさま、って言えないのか。だが、その舌ったらずな言い方にきゅんきゅんしてしまった。

全裸の幼児三人は、わらわらと陽太に寄ってきて、我先に訴え始めた。

「よた！」

「たつけ、て！」

「おえ、ぁ、こま、てう！」

「ハデツたま、おぇぁ、ちとにちて、くぁたった」

「おぇぁ、たっきまぇ、いぬ、だ、た」

「おぇぁ、あしゃか、ぁ、うっと、ここ、いた。おぁかしゅいて、たむか、た」

陽太は頭をかかえて、のたうちまわりたくなった。

（やめろぉぉ！　わんこも可愛かったけど、これはこれで激カワじゃねぇかよぉぉぉ！）

なんだよ、このとんでもなく可愛い幼児たちはよ〜。いったいなんの拷問だよ〜。信じるよっ。おめぇらが言うなら、なんだって信じてやるよっ。

幼児たちはちっちゃな手で、陽太の服の裾にしがみつき、必死の面持ちで言い募(つの)る。

「おにに、り」

「おににり、あちゃ、くぇた、やちゅ」

「あぇ、たぇ、た……おに、にり、ぉっと……」

うわぁ、やめろ！　おにぎりかっ？　朝やったおにぎりがもっと食いたいっていうのか？　そんなにうまかったのか、あれ？

陽太は身をよじって悶絶した。

（………ダメだ……。俺、死ぬ。萌(も)え死にする……）

仔犬姿も凶悪に愛らしかったが、幼児姿はさらに凶悪だ。

陽太は肩をがっくり落とした。無理だ。こいつらをほうって帰ることなんかできるわけない。なんとか食事だけでも摂らせてやろう。

そこで初めて気づいた。

「ってか、その前に、おまえらマッパじゃん！　このクソ寒いのに！　そのままじゃ風邪ひくって！」

慌てて着ていた作業ジャンパーを脱いで、三人（三匹？）をくるみ込む。

幼児たちは、ほわぁ～～っと笑った。

「よた、やたち」

「おににり、ほち」

「おににり、たぇたちて？」

あきらめるしかなかった。この可愛さを目にして逆らえるやつなんかいるわけがない。

陽太はヤケになって、夜空に吠えた。

「え～い、ちくしょーっ！　…わかったよ！　連れて帰ってやるよっ。おにぎりだって、なんだって食わしてやる！」

幼児三人は、拳を突き上げ、歓喜の声を上げた。

「ったぁ――――っ！　おににり、ぁた、たべゆ――――――っ！」

3

アパートの前まで連れて行って、ハデスとチビたちに念を押す。

「――あんなぁ、今日んとこは入れてやっけどよぅ、ほんとに今晩だけだぞ？　あと、家には俺のかーちゃんがいるからな？　そこんとこは気ぃつかってくれよ？　かーちゃん、優しいから、おめぇら連れて帰っても怒りゃしねぇと思うけど、身体があんまし強くねぇから、無理させねーでくれよな？」

「承知した」

とハデスが言うと、チビたちも、手を挙げて、

「ぁいっ！」

と応える。

アパートは一階と二階で六部屋あって、空知家は一階の右端の部屋を借りている。

寝てるかな？　と思ったのだが、電気が点いていた。

ドアを開け、首だけ突っ込んでソッと中を窺う。

「……かーちゃん、ただいま」

煮物のいい匂いが漂ってきた。入口脇の台所を見ると、母がコンロ前に立っているではないか。

「なにやってんだよっ？　起きてたら駄目じゃん！」

陽太は慌てて靴を脱いで、部屋に飛び込んだ。

母は菜箸を持った手を止め、薄く微笑んだ。

「おかえり、陽太」

「おかえり、じゃねぇって！　飯の支度なら、俺がやるって！」

「大丈夫よ。そんなに心配しなくても。今日はちょっと具合がいいのよ。いつも陽太に作らせてちゃ悪いもの。陽太一人を働かせてるだけでも、ごめんなさいなのに」

そこで母は、陽太の背後の人影に気づいたようだ。

「——あら、そちらは？」

連れ帰ったはいいが、なんと説明すればいいのか。

まさか行き倒れになっていた『自称神さま』と『自称冥界の門番』だとは言えないので、

「…………えっと、……ハデス、と……ケル、ベロ、ス？」

人を疑うことを知らない母は、そんな胡散臭い名前でも、にこにこと笑った。

「まあ、そうなの？　ハデストケルベロスさん？　外国の方なのね。陽太のお知り合い？」

いや、丸々そういう名前じゃないし、これもまさか、『ついさっき自動販売機の横で拾った』とも言えないから、

「……う、うん。知り合い、っちゃあ、知り合いだな。……そんで……」

こいつら、今晩泊めてもいいかな？　と尋ねる前に、母は言った。

「泊まってもらうんでしょ？　いいわよ。わかってるから」

陽太は手を合わせて謝った。

「…………かーちゃん、ごめん。毎回毎回」

捨て犬、捨て猫どころか、幼児三人とわけのわからない美形兄さんまで拾って帰ってしまって、本当に申し訳ない。

「いいのよ。狭くて汚いとこだけど、かまわないかしら？」

母が尋ねると、アパートの狭い玄関がよけいに狭く見えてしまうほど馬鹿デカいハデスが悠然と応える。

「こちらがそなたの母御か？　なるほど麗しき女人であるな。――世話になる」

あらためて見ると、ハデスは百九十センチ以上ありそうな長身だった。顔も服も、明る

いところで見ると、さらにとんでもなく派手で豪華で迫力があった。

どう見ても、普通の人間ではない。

冥界の王などと名乗っていたが、本当にどこかの国の王族のような凄まじいオーラを放っている。

なのに、母はほんわかと柔和（にゅうわ）に微笑むのだ。

「陽太が人のお友達を連れてきたのは初めてなのよ？　わんちゃんとか猫ちゃんは、しょっちゅう拾ってくるんだけど」

ハデスのうしろから、ひょこっとチビたちが顔を出すと、母は声を上げた。

「まあまあ！　この子たちもそうなの？」

「……う、うん。こいつらも、頼むよ。あと、なんか着せてやりたいんだけど」

作業ジャンパーを脱がすと、母はびっくりした様子で、

「あら、お洋服がないの？　どうしちゃったの？　汚しちゃったのかしら？　……可哀相に、寒かったわねぇ？」

しゃがんでチビたちの顔を見つめ、

「三つ子ちゃん？　なんて可愛いの！」

母に可愛いと言われたことがよほど嬉しかったのか、チビたちは照れ笑いになった。

「ん」

「お耳さんと、おシッポさんもつけてるのね？　お遊戯会でもあったのかしら？」

母が天然な人で助かったと、心からホッとした。このぶんなら『冥界の神さま&門番犬』設定のおかしなヤツらでも、なんとか食事を食べさせてもらえそうだ。

「陽太の子供の頃の服ならあるけど……この子たち、身体が冷え切ってるみたいだわ。先に、お風呂に入る？　狭いところで申し訳ないんだけど」

「風呂？」

ハデスが怪訝そうに尋ねたので、説明してやる。

「ああ。お湯に入って、身体を洗うのさ。この国の習慣なんだ。あんたんとこでは、そういうことしねーのか？」

「湯に入る？」

ちょっとイラッとした。

「いつまで役になり切ってんだよ。そこまでいちいち説明しなきゃなんねぇのかよ？……考えてみりゃあ、あんた、いちおう日本語しゃべってんじゃん。日本にくる前に、ある程度の知識は仕入れてあるんじゃねぇのか？」

するとハデスは偉そうに言い切った。

「我は神である。言語など、いずれの世、いずれの国のものでも即座に解せる」

「へ～え。頭いいんだ～？」

嫌味で言ったのに、クソ真面目に応えてくる。

「良いのか、悪いのかは、わからぬ。我は我である。そなたがそなたであるように」

また哲学みたいな話にもっていかれてはかなわない。陽太は声を張り上げた。

「とにかく、チビたち、身体冷えちまってんだろうから、先にいれんぜ？　あんたはあとだ。うちの風呂、全員いっぺんに入れる広さじゃねぇからな」


とは言っても、――陽太と幼児三人だけでも、風呂場はぎゅうぎゅうだった。

今日知り合ったばかりのヤツら相手に自分はいったいなにをしているのだろうと、首をかしげつつも、(乗りかかった舟、乗りかかった舟)、と内心で繰り返しながらチビたちの様子を見てみる。

(……ん～と、耳とかシッポとか、つけたまんまで洗ってかまわねぇのかな？)

接着剤とか剥がれちまうかもしんねーけど、……ま、いっか。

チビの一匹をとっつかまえて、陽太は言った。

「ちょっと洗うからな？　目ぇつぶっとけ」

頭からシャワーの湯をかける。

「うあっ」

チビは驚いたような声を上げた。

そのあと、顔を輝かせて、

「よた！　ったか！」

「あったかい、ってか？　そりゃあ湯だからな」

「ゆ、ちもちぃ！」

「そうだろ？　いちんちじゅう、あんなとこで冷えてたんだもんな。可哀相だったな。拾ってくれる人が現れないってわかってたら、せめてダンボールとかで囲ってやったんだけど、……ごめんな？　気づかなくてさ」

言っておいて、もうあの『もふもふわんこたち』がこの『犬耳犬しっぽの幼児たち』だと納得してしまっている自分に笑えてきた。

（普通に考えたら、そんなわけねーのになぁ）

ハデスは、本当はマジシャンかなにかなのかもしれない。きっと最初から目くらましでも掛けられていたのだろう。

シャンプーで頭をわしゃわしゃ洗い、身体のほうも手早く洗い、一丁上がりだ。

ほかのチビ二人も、わくわくしているように自分の番を待っているから、素早くおなじ工程を繰り返す。

「よ〜し。全部完了、っと」

最後に一人づつ抱き上げて、湯船の中にちゃぽんと沈める。

「はわぁ〜」

「ったか〜」

「ちもちぃ〜」

チビたちは本当に風呂が気に入ったようだ。蕩(とろ)けるような顔になっている。

「そうかそうか。あったかくて、気持ちいいんだな？」

三人、いっぺんにうなずく。

「んっ！」

チビたちの様子を見て、陽太はくらくらきた。

(駄目だ。こいつらの言動見てると、顔がニヤけちまう)

なにを言っても、なにをやっても、可愛くて仕方がない。陽太は一人っ子だが、弟たちがいたらこんな感じかもしれない。

「よしよし。おとなしく浸かってろよな。俺も身体洗っちまうからよ」

ささっと頭から身体まで洗ったところでチビたちを見ると、顔が赤くなり始めていた。あんまり長湯をさせるとノボせるかもしんねぇな、と母を呼ぶ。

「かーちゃーん！　こいつら、先に出すからー！　なんか服着せてやってー！」

戸を開けて、チビ全員をバスタオルに包んで、押し出す。

母も待ち構えていたのか、すぐに受け取ってくれた。

「ほら。こっちいらっしゃい、ぼくたち」

陽太はつづけて声をかけた。

「おっし！　じゃあ、次、ハデス、こいよ！」

普通なら、いっしょに風呂など入らなくてもいいだろうが、あの男は本当に入浴の習慣を知らないようなので、おせっかいだが一から教えてやらなければいけないだろう。

呼ばれたハデスは、のっそりと脱衣場にやってきた。

「まず、そこで服脱ぎな」

「すべてか？」

「うん。全部。脱がなきゃ風呂じゃねぇんだよ。あんたの国はどうだか知らねぇが、日本ではそうなんだ」

ハデスはしばらく考えている様子だったが、

「――そうか。我は此れまで他者の前で裸体を晒すことなどなかったが、……そなたの言葉なら信じよう。そなたの心には穢れがない。ゆえに、そなたが勧めることならば、それは正しき行為、我にとって必要な行為なのであろう」

「ほんと、おかしなこと言うヤツだな。……そうそう。風呂は正しい行為だし、今のあんたにとっちゃあ、いちばん必要な行為のはずだぜ？　チビたちといっしょに冷えきってただろうからな」

「うむ。我らは過酷な環境には慣れておったはずだが、人界ではやはり骨身に凍みた。じつに予想外であった」

「うんうん。わかってるって。めちゃめちゃ寒かったんだろ？　あんたも、いちんちあんなとこいるはめになって、可哀相だったたな」

と、――そこまでは、まだ正気でいられたのだ。

しかし。

ハデスが服を脱ぎ出すと、声を失ってしまった。

美しいのは顔だけではなかったのだ。

（すげぇぇぇぇぇ！）

完璧だ。完璧な美だ。広い肩、厚い胸、そして腹、腰、脚……鍛え上げられた筋肉が全

身を覆っている。肉体バランスも、文句のつけようがない美しさだ。非常に色白ではあったが、それもまた彼の神々しいまでの美貌を引き立たせていた。

陽太は思わず感嘆の声を上げていた。

「あんた……ものすげえイイ身体だなーっ！」

「……そうか？」

「そうそう！　ギリシア彫刻とかが動いて、風呂に入ってきたのかと錯覚しちゃいそうだよ！　色白いから、大理石でできたヤツな？」

ハデスはわずかに眉を顰めた。

「我の彫刻などは、ほとんど作成されておらぬはずだ。我は人に忌み嫌われる存在なのだ。だが、そなたの言葉には揶揄の色はない。純粋な賛辞として受け入れよう」

そして陽太に視線を流し、

「我を賛辞するが、そなたこそ麗しき姿であるぞ」

見られているのがわかって、一気に全身が熱くなってしまった。

ハデスの黒い瞳に見つめられると、心臓が妙な具合に跳ね上がる。

いくら物知らずっぽく見えても、大の大人を風呂に入れてやろうなんて考えるべきじゃなかったと後悔しかけたが、今さらやめるわけにもいかない。恥ずかしくてもなんでもやりきってしまわないと。

「……な、なにフカシこいてんだよっ。俺なんか、貧相な身体じゃん。まあ、仕事が仕事だから、筋肉だけはある程度あるし、……細マッチョって言えなくはねーけど」

ハデスの視線が全身を舐めて行く。

「否。陽太は、若木のごときしなやかな肢体(したい)をしておる。じつに瑞々(みずみず)しい。肌は象牙(ぞうげ)のごとき滑らかさだ。大変好ましき姿である」

「い、いちいち調子が狂うヤツだなっ」

照れ隠しに言って、とにかく立ち上がり、ハデスの腕を掴んで風呂場に引き入れた。

チビたちと同様、頭から洗ってやらないと自分ではなにもできそうになかったからだ。

「じゃあ、そこのちっちゃい椅子に腰かけろ。まず頭から洗ってくから、嫌がんなよ？ チビたちでも我慢したんだからな？」

こいつはデカい犬、人間に見えるけどデカい犬なんだ、と心の中で繰り返しつぶやいて、陽太はハデスの頭からシャワーの湯をかけた。

「おう！」

驚いたのか、ハデスは声を上げる。

「おっと。忘れてた。目ぇつぶってな。シャンプーが目に入ると痛いからな」

シャンプーを掛け、わっしゃわっしゃと少々手荒く頭を洗ってやって、シャワーで流し、さあ身体のほう、と思ったが……さすがにそれは無理だった。

股間のあたりを見てしまったからだ。

（うわ。なんか……すげ……）

工務店の先輩たちと銭湯に行ったこともあるが、まるで違う。もちろん、自分のとは雲泥の差だ。

いくら『デカい犬的な、物知らず外国人』でも、ここから先は洗えない。なるべく身体を見ないようにして、タオルを押し付けた。

「こ、これで、……その、ボディソープっての、つけて、身体洗うんだよ。それくらい自分でできるよな？」

「うむ。その程度のことであれば我にもできよう。そなたに頭部を洗われるのは大層心地よかったぞ。礼を言う」

この男はめちゃめちゃ尊大で上から目線なくせに、礼はきちんと言えるようだ。

「……あ、ああ。どうもな」

とにかく、これ以上ハデスと風呂場にいたらドキドキしすぎて心臓が破裂してしまいそうだったので、

「じゃあ、全部シャワーで流し終わったら、この浴槽に浸かるんだよ。それであったまったら出て来い。俺、先に上がってるからよ。——あ、着替えは、俺ので悪いけど、綺麗めのやつ、脱衣場に置いとくから。さすがに、あの飾りだらけの豪華な服じゃ、寝にくいだろうからよ」

簡単に言い置いて、そそくさと風呂場を出た。

「………ふうっ」

戸を閉めて、大きく息を吐く。

鎮まれ、俺の心臓！　と陽太は自分の心臓あたりを手で押さえた。

（バカ！　なに興奮してんだよっ。ハデスは男だぞっ？）

そりゃあ、あれほどかっこいい人は初めて見るけども、……かっこいいくせに、妙に世間知らずで、素直で。だから変なふうに庇護欲をそそられちまうけども……。

「犬なんだから、しょうがねぇよな」

うん。犬なんだ、あいつは。デカい犬。ルックスはいいけど、中身はチビたちと変わらない『犬』だ。

なんとか心を落ち着け、さりげなさを装って居間に戻ると、チビたちが母に服を着せてもらっていた。

陽太が小さい頃着ていた服だから、全部見覚えがあるやつだ。

「ふく！　ちもち、い！」

「ったか！」

「かちゃ、あ、ぃがと！」

母も笑顔で応えている。

「いいえ。どういたしまして。可愛いわよ、みんな」

チビたちは嬉しそうにはしゃぎまわり始めた。なにを見ても物珍しいらしく、テレビを指差して尋ねてきた。

「よた！　こぇ、ぁに？」

「それは、テレビっていって……」

説明より、実際つけてみたほうがわかるだろうと、リモコンの電源ボタンを押す。

「わぁ！」

チビたちは、驚いて飛びすさる。

ちょうどやってたのはニュースだった。女子アナが今日の出来事などを解説している。

「ここ、ちと、いぅ！　ちっちゃ、ちと！」

ほかのチビはテレビのうしろを覗き込んでいる。

「あぇ？　ちと、いな？」

また顔を出して、きょとんとしている。

「へん。ちと、いな。なぁで？」

吹き出してしまった。

「おめえら、ほんと、犬猫みてぇな反応すんな！　……いや、そん中に、人は入ってねぇよ。ほかの場所で話してる映像を、電波で受信してるんだ」

そうこうしているうちに、母は夕飯の準備を整えていた。

いつも使っている折りたたみテーブルだけではなく、三段ボックスも横に倒して台がわりにしている。

「ごめんなさいね。こんな状態で、食器も揃ってなくて、……お料理も、ありあわせの質素なものばかりで、……本当に、御馳走(ごちそう)とかなんにもない家庭料理なんだけど……」

申し訳なさそうに母が言うとおり、上に載っているのは、じゃがいもと油揚げの煮物、キャベツ炒(いた)め、ハムエッグ、なすの味噌汁、……そんな、けして豪勢とは言えない料理ばかりだったが、チビたちは匂いに引き寄せられたようだ。

テーブルの前にぺたんと座り込み、目をキラキラ☆させている。

「よた。おににり、ぁ？」

「あ、そっか。そういう約束だったな」

陽太は母に説明した。

「……え～っとさ、朝、こいつらが腹すかしてるみてぇだったんで、俺のおにぎり食わしてやったのさ。そしたらえらく気に入ったみてぇでさ」

チビたちも説明に加わる。

「よた、おににり、くぇた」

「おににり、おーし、かた！」

「おぇぁ、おににり、ちゅき！　ちゅごく、ちゅごく、ちゅき！」

「あら。じゃあ、お茶碗によそうごはんじゃなくて、おにぎりにしてあげたほうがよかったかしら？」

そうしているうちに、ハデスも風呂から上がってきた。

陽太のスウェットではやはりつんつるてんで、裾が膝下くらいまでしかない。ロンTも肘(ひじ)から先が出ている状態だ。普通なら笑える恰好なのだが、なにせ本体が超絶イケメンなので、そんな姿でさえスタイリッシュに見えてしまう。

いちおう、ハデスに訊いてみた。

「なあ。こいつら、おにぎり以外も食えるんだろ？　……あ、あんたもさ、普通の日本の飯とか、大丈夫か？　食えるか？」

ハデスは妙な顔をして立ちすくんでいる。

「なんだ？　どうした？　座れよ。腹減ってんだろ？」

「そこな食物は、我らに供するためのものか？」

母と顔を見合わせてしまった。

「そりゃあ、もちろんそうだよ。俺とかーちゃんじゃ食い切れねー量だしよ。おめえらのぶんも入ってるに決まってんだろ？」

ハデスは、母に向かって問いかける。

「母御。我らも食してかまわぬのか？　そなたらと、この場で、ともに食してかまわぬのか？　嫌悪は感じぬのか？」

「まさか。嫌悪なんか感じるわけないでしょう？　たいしたものは用意できなかったけど、こんなものでよかったら召し上がってくださいな。もちろん、みんないっしょに」

ハデスは、ものすごく感動した顔になった。マンガだったら、うしろに『じ～～ん』とか感情説明文字が入っているだろう表情で、棒立ちのまましみじみと言った。

「母御の用意してくれた食物に文句などあろうはずもない。我は感に堪えぬ。これほどの、温かき、作り立ての食物を供し、さらには我らとともに膳を囲むことを厭わぬとは。なんと……なんと麗しき心根の者たちであろう」

吹き出しそうになってしまった。おおげさにもほどがある。

「あんなぁ。もう、いいかげん『ハデスさまゴッコ』はやめろよ。困ってる人間がいたら助けてやるのが普通だろ？　ほら、さっさと座れよ。飯が冷めちまうだろ」

そばのチビに、茶碗とフォークを持たせてやる。

ついでに、ハムエッグを飯の上に載せ、上から醤油をかけてやって、

「ほら、これで食うんだよ。…ああ、フォークはうまく掴めなくても、握るだけでいいから。それで、飯かっこんでみ？」

チビは恐る恐るといったふうに、ハムエッグ飯を口に運んだが、

「うまっ！」

すぐにパァァァッ☆と顔を輝かせた。

見様見真似で食べ始めたもう二人のチビも、

「あに、こえ？　ちゅご、うまっ！」

「ちた、とょけう！」

すぐにパァァァッ☆となり、犬姿の時と変わらない勢いで、がふがふ飯をかっこみ始め

た。

その様子と飾らない賛辞に、頬が緩む。

「そうかそうか。舌が蕩けるほど旨いのか。……だってよ、かーちゃん？　よかったな？」

「ええ、安心したわ」

豪快な食べっぷりを見て、母も嬉しそうに笑んでいる。

チビたちがあまり舌の肥えてない子たちで助かった。せっかく母が作ってくれた料理を貶されたら陽太もつらいからだ。

今度はハデスのほうに視線をやってみた。

「ハデスは？　口に合うか？　あんたの国の食べもんと違うだろうけど。腹すかしてるんだったら、勘弁してくれよな」

ハデスのほうは、一口食べたあと、茫然としたように箸を止めている。

「ん？　どうした？」

「ケルベロスたちが舌つづみを打っているので、訝しんでいたのだが。……これは、美味だ。これほど心と身体に染みわたる料理を、我は初めて食したぞ」

チビたちが鼻高々で応える。

「ハデツたま！」

「よたの、おににり、ぉ、ぃみ！」

「ちゅご、ぃみ！」

ハデスの真似をして、美味って言いたいらしい。

陽太は恥ずかしくなって反論した。

「おめぇら、さっきからおにぎりおにぎり言うけどよ〜。……かーちゃんの飯はまだしも、俺なんかが作ったおにぎりが、そんなにうめぇわけねーだろ？」

いや、とハデスが応えた。

「我らは知らなかったのだ。人の作った食事、人が真に心を込めた食事というものが、斯様に心震わす美味であることを。この食物の中には、畏怖や義務の感情などいっさい入ってはおらぬ。我らに対する純粋な好意と慈しみだけだ」

「人の作った、って……じゃあ、あんたら、いつもはなに食ってたんだよ？」

ハデスの表情が曇った。

「……冥界での我らは、とくに食さぬことが多い。さきほど申したように、食物を摂らずとも生きられるゆえ」

チビたちが、口を尖らせて反論してきた。

「ちが！　しょぇ、ハデツたま、だけ！」

「オィンポシュの、やちゅら、ちが！」

「ぃきぁえても、やちゅら、よくぉー、ちゅおい！」

「やちゅら、ぉちそー、たべゆ！　おしゃけも、にょむ！」

「ぉちそー、いっぱ、いっぱ！　おしゃけ、いっぱ、いっぱ！」

「やちゅら、しゅきかって、しゅぅ！　まぃめ、おしぉと、ハデツたま、だけ！」

手を振り上げ、振り回しての熱弁に、陽太は少々感動していた。

（ハデスはともかく、このチビたちも、コスプレ設定、きっちり守ってるよなぁ。『オィンポシュ』ってオリンポスのことだろ？）

ローマだかギリシアだかの神話内で、神々が住んでいる場所だったはずだ。

ゼウスとかヘラとか、勉強嫌いの陽太でもいくつか名前を知っている。マンガやアニメでもよく出てくる名前だからだ。

確かに神話の中の神さまたちは、欲望いっぱいで、いつも飲んで騒いで恋愛して、好き勝手に暮らしているイメージだ。

「……そうだよな。そういやぁ、冥界の王のハデスっていったら、クソ真面目に仕事ばっかりしてるイメージだよな。遊んでるとことか、飯食って酒かっくらって豪遊、なんてのはあんまり見ねぇよな」

「んっ！」

「その上、確か、ハデスって本当は長男だったよな？　なのになんだか一番ワリの合わねぇ冥界の管理、任されちまったんだろ？　地獄からずっと出れねぇでさ。末っ子のゼウスが世の中の最高神っぽくなってさ、次男のポセイドンが海の管理だろ？　どっちも、明るくて華々しい世界で偉そうに生きられてるのにさ。……そう考えたらハデス、まじで損な役回りだよなぁ」

「んっっ！」

力いっぱいのチビたちの同意に、なんだか可哀相になってきてしまった。

全員が役になり切ってるのはわかるが、本当に『冥界の王ハデス』がいるならば、その人はあまりにも気の毒な存在だと思ったからだ。

と、そこで場が暗くなり始めたのに気付き、陽太は声を明るくした。

「ま！　いいや！　とにかく旨いって言ってくれんなら、こっちは、あんがとよっ、で、かまわねーよな、かーちゃん？」

「そうね。ありがとう、ね。とても嬉しいわ」

するると、隣のチビが、茶碗を指差して、こそっと語りかけてきた。

「…………よた、こぇ……」

「お、なんだ？　カラじゃねぇか。もう食っちまったのか？　もっと欲しいのか？」

チビはもじもじと答えた。

「ん。……も、と、ほち」

「おめぇら、ガキのくせに、すがすがしいほど大食らいだな。……えっとな、そういう時は『おかわり』って言って、茶碗を差し出せばいいいんだぞ？」

「おぁあり？」

「そうだ。変に気ぃ使わなくていいんだぞ？　ガキなんだから、もっと普通に甘えろ。……な、かーちゃん、飯、まだあるよな？」

「もちろん、いっぱいあるわよ？　みんながお風呂に入っているあいだに、急いで炊いておいたから」

ほかのチビたちももう食べてしまっていたらしい。三人のチビは満面の笑顔で茶碗を母に差し出した。

「じゃ、――かちゃ、おぁあり！」

「おぇも、おぁあり！」

「おぇも、おぇも、おぁあり！」

母もにっこり微笑んだ。

「はいはい。一人ずつね。いっぱい食べてちょうだいね」

母はいそいそとチビたちの茶碗に飯をよそい、今度は煮物を上に載せ、手渡している。

渡されたチビたちは、またもや「うまっ！」と顔を輝かせ、がふがふがふっ、だ。

そんなやり取りを、陽太は微笑ましい想いで眺めていた。

ハデスのほうを見ると、彼もチビたちに負けず劣らずがふがふ飯をかっこんでいたので、本気で笑ってしまった。

超絶イケメンのくせに、あまりに似合わない姿だったからだ。

そして思った。

（なんか……人が多いのっていいなぁ）

ずっと母と二人暮らしだったし、親族もいないから、大人数での家の食事は初めてだった。

（それに、人がいると、こんなにあったかいんだな）

安普請（やすぶしん）のアパートで、隙間風（すきまかぜ）も多く、母と二人だけだといつもしんしんと冷えたのに、今はストーブも付けていないのに家じゅうぽっかぽかだ。

身体が暖かいと、心まで温かくなる。

自称神さまだの、冥界の門番犬だの、最初は胡散臭（うさんくさ）い連中だと思ったが、拾ってきて正解だったな。性格はすごくいいヤツらだし、こんなに楽しいひとときを過ごせたのだ。

　これからもなにか力になれるようだったら、なってやろう。

　そんなことを考えていたら、

「かちゃ、もっか、おぁあり！」

「おぇも、もっか、おぁあり！」

「おぇも、おぇも！」

　ハデスまでもが加わっている。

「母御。我もおかわりを所望（しょもう）する」

　チビたちとハデスが競うように茶碗を差し出しているのを見て、

（やべ！　感傷にひたってぐずぐずしてたら、飯、食いっぱぐれちまうな！）

　陽太も慌てて飯をかっこみ始めた。

4

翌朝のことである。

早朝からドンドンドン、とドアが荒々しく叩かれる音で目が覚めた。

（……ったく。せっかくいい夢見てたってのに）

なぜだかすごく温かかった。温かくて、安心感に包まれていて、ずっとこのまま眠りつづけていたいと思うほど、心地よかった。

アパートには、寝室となる部屋らしきものは奥の和室一部屋しかない。陽太はいつも、台所の床で寝ていた。

そこで、気づく。

「えっ？　ハデスッ!?」

なんと陽太は、ハデスの胸にすっぽりと抱きしめられていたのだ。

前面だけではなく背中も暖かい。首を回して見てみると、

「チビたちまでっ？」

背中のほうでは、チビたちが本物の犬のように丸まってくっついてきている。

この暖かさと心地よさはこいつらのせいだったのか。理由はわかったが、動揺は増してしまう。

「な、な、なにしてやがるっ。ゆうべ寝る時、ちゃんとおまえらには俺の布団貸してやったじゃねぇか」

貧乏な空知家には来客用の布団などない。しかたないから、陽太の布団をハデスとチビたちに明け渡して、陽太は座布団二枚を敷き、掛け布団がわりにありったけの防寒具をかぶって眠りについたのだ。なのに、なぜこんな有様になっているのか。

ハデスはふっさりと長い睫毛（まつげ）を上げた。

「目覚めたか？」

抱きしめられているのでもちろん至近距離に顔がある。一気に全身に火が点いてしまったような状態で陽太は声を上げた。

「だからっ、なにしてやがるって……」

「ケルベロスたちがそなたの傍に寄りたがったのだ。我も同様。眠りにつくならばそなたと接していたい。そう心が欲した」

「なんでシラッとそういうことを……っ！　俺ら他人同士だぞっ？　普通、抱き合って寝たりしねぇんだぞっ？」

パニックを起こしかけていた陽太の耳に、またしてもドンドンドンッ！　というドアを叩く音が聞こえた。

（そうだった！　ハデスのことより、俺、あの音で目ぇ覚めちまったんだった！）

せっかくの休日に、誰だよ？　と思っているうちに、

「おーい、空知さーん！」

耳障りなダミ声が飛び込んできた。

（まじかよ！　郷田じゃねぇか！）

いちおう外は明るくなりかけているが、まだ七時くらいのはずだ。

いったいなにごとかと訝しんで、――理由に思い当たった。

今日は月始めの一日だ。

あんのじょう、郷田は一番聞きたくないセリフを怒鳴り始めた。

「空知さーん！　先月の家賃いただいてませんけどー？　どうしてくれるんですかー？」

襖を開けて、母が奥の和室から顔を出した。

青ざめている。訊かなくてもわかった。本当に家賃の支払いがまだだったのだ。

陽太の胸に激しい怒りが湧く。

(でも、今日はまだ一日じゃねぇか!)

家賃の支払いは、月末だ。だから、たった一日遅れているだけだ。

なのに、こんな早朝から、それも近所に触れ回るように大声でわめくとは。いやがらせにもほどがあるだろう!

郷田は嬉々として声を張り上げている。

「家賃滞納ですよー? 一〇一号室の、空知小夜子さーん、聞こえてますかー? 家賃払ってもらわないと、こっちも困るんですけどー?」

確かに『空知小夜子』というのは母の名だが、わざわざ部屋番号付きのフルネームで呼ぶ意地悪さも、怒りの火に油を注いだ。

陽太は全身強張らせながら、考えをめぐらせた。

自分がドアを開けて怒鳴り返しても、支払う金は、今うちにない。

だが、謝るのはどうしてもイヤだ。自分だってイヤなのに、母に謝らせるのは、もっともっとイヤだ。

困った。本当に、万事休すだ。

(……ちくしょう! いい案とか、ねぇのかよ……)

そこで、ハデスが怪訝そうに尋ねてきた。

「どうしたのだ、陽太？　まずい事態であるのか？」

悔しさと情けなさで、一瞬声が出なかった。

（せっかくゆうべは楽しい夜だったのに。なんでこんなことになるんだよ……）

それでも、ドンドンドンという音はやまない。

心配そうなハデスに、陽太はようやく説明を始めた。

「……えっと、さ……家賃、払うの、遅れちまったみてぇで、……普通なら、一日遅れたくらいで、催促なんかこねえもんなんだけどさ、……あいつ、性悪だからよ」

性悪の上に、母を狙っている。今日も、支払いが遅れていることを言い訳に、これ幸いとやってきたのだろう。

するとハデスは陽太から手をはなし、おもむろに立ち上がった。

「かの者が、昨日そなたが申しておった『母御に懸想しておる者』なのか？」

「……け、ケソウ？　……えっと、たぶん言ってる意味、あってると思うけど、……うん、かーちゃんに惚れてて、迫ってる大家だよ」

「ならば、我が対応しよう」

「え？　だ、だけど……」

ハデスは背中で答えた。

「よい。――昨晩そなたらには世話になった。我も、出来ることをするまで」

そのまま悠然と歩み、玄関ドアを開けた。

その先には、もちろん郷田の姿があった。陽太が寝ていたのはキッチンの床なので、ドアのむこうまで丸見えだった。

ハデスは上から睥睨（へいげい）するように言葉を発した。

「不快である。即刻下がりおれ」

郷田は本気であっけにとられたらしい。

それは当然だろう。ハデスは迫力満点のイケメンだし、妙な威圧感もある。見たら誰でもひるむだろう。

郷田は覗き込むように部屋の奥に視線をやって、ハデスや陽太、チビたちを飛び越えて母に尋ねかけた。

「……さ、小夜子さん！　こいつ、誰なんだっ？　なんで男がここにいるんだよっ？　この住人は、小夜子さんと息子、二人だけのはずだろっ？」

うわ。露骨（ろこつ）に疑いやがったな、郷田の野郎。

陽太は嫌味たっぷりに言ってやった。

「うっせーな！　俺の知り合いだよ！　昨日、一晩泊めてやったんだよ！　かーちゃんとは、ゆうべが初対面だ！」

ついでに、俺のほうも昨日が初対面だがな、ってのは言わないでおいた。

郷田は、気色ばんでまだ食いついてくる。

「だ、だからって……」

「なんだよ？　客を泊めちゃいけねぇって規則はなかったはずだぞ？　入居時にそんなことは聞いてねぇぞ？」

加勢をしようとしたのか、チビたちも、わらわらと駆けて行って、小さな拳でぽこぽこ郷田を叩き始めた。

「め！」

「かちゃ、ぐぁい、わぅい！」

「かちゃ、も、よた、も、いいちと！　いぃめたぁ、めっ！」

幼児の攻撃だから、ふとももの あたりにしかあたらなかったが、実際のダメージより、精神的なダメージが大きいはずだ。

なにしろチビたち、えらく可愛いのだ。その三人が怒りで半泣きになりながら抗議する姿は、あまりにも罪悪感をそそられるものだろう。

さすがに郷田もたじたじとなった。

「オ、オレは別にいじめてるわけじゃ……」

陽太は、わざとらしく嘆息して言ってやった。

「だけどよ、……今日、月の始めの一日だろ？　それも、朝だろ？　取り立てにきたら、……そりゃあ、家賃払うの遅れてるうちが悪いんだけどさ、初めて聞いたやつらには、あんたのほうが悪もんに見えても、仕方ねえだろ？　――違うか？」

母もパジャマにカーディガンを引っかけただけの恰好で出てきて、平身低頭謝る。

「すみません、郷田さん。明日には必ずお支払いしますので、……今日のところはご勘弁ください」

母の姿を見ると、郷田は顔を赤くして、

「い、いや、小夜子さん、だからオレは、嫌がらせとかできたんじゃなくて、……本気で心配して……」

話の腰を折るように、ハデスが言う。

「心配してきたと申すなら、先ほどの態度はまずかろう。母御を慮っての行動には到底思えぬ。反対に、母御の立場を悪くした。母御は大層つらい想いをしている」

郷田はぐうの音も出ない様子だ。ハデスは問答無用で言い切る。

「ゆえに——下がりおれ」

引き攣った顔をしていた郷田だったが、チッとわざとらしく舌打ちをすると、すごすごと踵を返して帰って行った。


ドアが閉じられると全員、ほ～～～っと息を吐いた。

大人の男性が家に居るというのは、こんなに安心感があるものなんだと驚きつつ、陽太はすぐに礼を言った。

「助かったよ。ありがとう、ハデス。俺がなに言っても、むこうからしたら俺なんかガキだしさ、いっつもぜんぜん相手にされねぇんだよ。今も、あんたがいなけりゃ、大変だった。……あいつ、いつもはもっと高飛車だからさ。こっちもアパート追い出されたらたまんねぇし、へこへこするっきゃねぇのさ。茶も飲まずに帰ったのなんか、初めてだぞ！」

振り返ったハデスは満足げに微笑んだ。

「よい。礼には及ばぬ。我は正しき者の味方である」

ドキッとした。

イケメンだとは思っていたが、今までハデスはけっこう無表情だったのだ。それが急に優しく微笑むものだから、不意打ちを食らった感じだ。

赤面してしまいそうになった陽太は、慌ててチビたちに視線を流して、一人ずつぎゅっと抱きしめた。

「おまえらも、加勢あんがとな。助かったよ」

三人とも、恥ずかしそうにエへへと笑う。

だが、郷田は撃退したというのに、ハデスはなにやら顔を曇らせている。

腕組みをして考え込んでいたが、しばらくして言った。

「――陽太。少々話があるゆえ、おもてに」

「え？　……ああ、うん」

固い表情が気になって、言われたとおりに靴を履き、外に出る。

玄関の外に出て、ドアを閉めてから、ハデスは低く言った。

「我らをしばらくここに置いてはくれぬか」

「ええ？」

ハデスは、厳しい目つきで郷田の去ったほうを睨んだ。

「そなたらが案じられるのだ。あやつ、不浄(ふじょう)の匂いがする」

「不浄……？」

あとをついてきたチビたちが、代弁するかのように言い立てる。

「わゆい、こと、かんあぇてう、やちゅ、の、にぉい」

「わゆい、こと、かんあぇてう、やちゅ、くちゃい」

「あいちゅ、ちゅご、くちゃい」

悪いことを考えてる奴の匂い？　ハデスやチビたちには、そんなものがわかるのか？

陽太の顔に、その疑問が浮かんでいたらしい。ハデスは少々寂しげに微笑んだ。

「そなたは、わからずともよい」

「なんでだよ？」

「そなたは、清い。穢れなど見る必要はない」

「……べ、べつに、清いわけじゃ……」

俺だって悪いことくらい考えるし、ずるいことだって、しちゃうことあるし……と付け加えようとして、ハデスの視線に気づいた。

（なんて目で俺を見てるんだよ……）

いとおしげ、とでも表現したいような、全身がムズ痒くなるような熱い視線だ。

そんな目で人から見られたことはない。

陽太はハデスから視線をそらして、つい嫌味を言ってしまった。

「……まるで、いつも『不浄』で『臭くて穢れてる』ものを見てるみてぇじゃん」

「そうだな。常に見ておるな。だが、我らはよいのだ。職務であるゆえな」

　ムカッときた。

「なんだよ、それっ？　今の言い方だと、ほんとにあんただけじゃなくて、チビたちまで、汚ぇもん見慣れてるみてぇじゃん！　そんなことする仕事なんか、なんでやんなきゃなんねーんだよっ？　……ってか、こんなちっこいチビたちにも、そんなことさせてんのかよっ？　わけわかんねえ！」

　ハデスは返事をしない。怒ったのかな？　と恐る恐る目を上げてみると、……なぜだか感動したような表情になっていた。

「美しいな。そなたは。魂の煌めきが眩いほどだ。感情のまま、嘘のない言葉を吐く。今も我らのために真剣に怒っておる。……やはりケルベロスの選択は正しかったのだな。通る者たちの中から、的確にそなたを選んだ。——いや、始めから、そなたの魂の輝きに惹かれて、この地を目指したのやもしれぬ」

「なんか、ほんと、おかしな反応をするヤツだなっ。俺を褒めたって……そっか、うちに泊まりてぇから、褒めちぎってんのかもしんねーけど、うちにはそんなに長居させてやれねーぞ？」

「なにゆえか、理由を述べよ」

「述べよ、って、――とにかく、泊めてやりてぇのは山々だけど、うち、まじで貧乏なんだって。あんたらにずっと飯食わしていけるほど、金ねーんだよ」

「金?」

「そうそう。あんたもチビたちも、えれえ大飯食らいだからな。食費、ものすごくかかりそうじゃん。こっちに身よりがなさそうなのは可哀相だと思うけどさ、……やっぱ、ほかをあたってもらうしかねぇな」

ハデスはちょっと考えたようだったが、

「冥界に戻れば金銀財宝など腐るほどあるが、人の世では、労務によって対価を得るのであったな?」

「……あ、ああ」

「ならば、我も人の世の習いに従い、人の世の労務に就こう」

さすがに慌てた。

「いやっ、ちょっと待てってって! 労務に就くって、働くってことだろ? こっちで働くって……ここら、田舎すぎて、働くとこなんてあんましねぇぞ? ……国道沿いに一軒あるコンビニなら、万年人手不足だって、店長さん、いっつもボヤいてっけど。そこなら、俺も時々手伝うくらいだから、もしかしたら雇ってくれっかもしんねーけど」

突然、だった。

陽太はハデスに引き寄せられ、くちづけを受けていた。

あまりのことに驚きすぎて、言葉も出ない。

（……あれ？　……今……俺、……確か、キス、されたよな……？）

それともまたマジックかなにかで、妙な幻を見せられたのか……？

ハデスは苦笑まじりで謝ってきた。

「すまぬ。あまりに強い情動が湧き起こり、抑えきれなかった」

「……」

「どうしても、そなたに触れたかったのだ」

混乱して、目の前がぐるぐるしてくる。

「……いや、……でも……」

「陽太は………我が嫌いか？」

せつなそうな表情で尋ねてくるから、思わず本音で言い返してしまった。

「き、嫌いなわけっ、ねーだろ！」

言ってから、言い訳をするようにぶつぶつ付け足す。

「……あんた、……しゃべり方、変だけど……すげえ性格いいし、俺たちを助けてくれるし、……かーちゃんの飯も、うまそうに食ってくれるし……」

ふたたびハデスの顔が近寄ってきた。

今度は間違いようもなく、キスだった。

心臓が跳ね上がった。

「なっ、なっ、なっ、なっ……」

なにしやがるっ、とつづけたかったが、二度目のキスはあまりにも甘美だった。

いったん唇を離し、ハデスはうっとりと言った。

「どうやら我は、そなたに恋情をいだいておるようだ」

「れ、れっ……恋情っていうと、…俺に惚れてるってことかぁ……？」

「そなたが驚くのも無理はない。我自身も驚いておる。斯様に強い感情に翻弄されるのは初めてなのだ。恋にうつつをぬかすゼウスたちを少々蔑んでおったが……」

ハデスは感慨深げにつづけた。

「これほど甘美な想いならば、なるほど押し流されよう」

嘘などついていないことは、わかった。

陽太もまた同様の想いをいだいていたからだ。

嬉しさと多幸感とドキドキで、天に昇ってしまいそうな気分だ。

それでも恥ずかしくて、ぶつぶつつぶやいてしまう。

「…………だけど、……俺ら、昨日会ったばっかだぞ？　まだ一晩しかいっしょにいねぇじゃん」

「過ごした時の長さなど問題ではない。初めて会った時から、我の胸は震えておった。一目惚れをしたのだと思う。そなたと接していると、心が震える。全身が喜びに満たされる。常に傍に居りたいと願う。この感情は、間違えようもなく恋であろう？」

泣けてきそうになった。なんて率直に気持ちを伝えてくれるんだろう。

「……だけど、俺ら男同士だし……」

「人界では、同性同士は愛し合わぬのか？　我らの世界では、愛は自由であるぞ？　青年を愛でる男神も多数おる」

「チビたちも見てるとこで、キス、とか……」

「ケルベロスは我の配下である。主である我の行為に異議など唱えぬ。それに、今は幼く見えておっても、そやつらの真の姿は冥界の番犬であるゆえ、そなたより遥かに永の時を生きておるのだぞ？」

どう言ってもひょうひょうと返されるので、脱力してしまった。

もう、この男が誰であろうが、どうでもよくなってきた。男同士だなんてことも、まったく気にならなくなった。

（一目惚れは俺のほうだったかもしんねぇな）

ハデスの言うとおりだ。過ごした時の長さや、同性同士だなんてことは関係ない。ハデスが自分のことを好きだと言ってくれて、自分のほうもハデスが好きなのだ。それ以外、なにを思い煩（わずら）う必要があるのか。

だが、照れ隠しにまだぶつぶつ文句をつぶやいてしまう。

「でもよう……ハデスっていったら、たしか、嫁いるはずじゃん？　……なんだっけ？　ペ、ペルセポネ、だったっけ？　俺あんまし勉強してこなかったから、神話とか詳しく知んねーけどよ、不倫なんか、ヤだよ」

なにを言ってるんだ俺は、と語っておきながら内心で自分につっこむ。

冥界の王ハデスというのは、ただのコスプレ設定のはずだ。

それでも、異様なほど忠実に『ハデスとケルベロス設定』に固着しているのだから、それは訊いておいたほうがいいような気がしたのだ。

すると、チビたちが飛びつくように言い返してきた。

「あぇ、わゆいやちゅ！」

「わゆい、お、な！」

「ハデツたま、だまちた！」

「悪い女で、騙した、って？　だって、確か神話では、ハデスのほうが女に惚れて、……え～っと、無理くり冥界に連れ込んで監禁したけど、おっかさんが取り戻しにきて、とか……そんな話になってるはずだぞ？　……詳しくは覚えてねーけどよ」

　ハデスは露骨に苦笑した。

「我は、ペルセポネを攫ってなどおらぬ」

　チビたちが、さらにヒートアップして言いたてた。

「かってぃ、きた！　わゆいおな、ハデツたま、およめ、ちあう！」

「ハデツたま、ほんちょぉ、わゆいおな、きぁい！」

「わゆいおな、め、かぃ、の、たぁら、ぬしゅもと、ちた！」

「わゆいおなの、あぁおやも、みぃな、ぐゆ！」

「ハデツたま、う～っと、ちとぃぼち！　ちとぃぼちぇ、おちおとば、か、ちてゆ！」

「だぁら、おぇぁ、にぇた。ハデツたま、ちゅこち、やちゅまちぇて、あぇたくて！」

　チビたちの必死の告発でだいたいの意味を察し、陽太は呆然とつぶやいた。

「…………まじかよ。ペルセポネって女は、勝手にきて、冥界の宝を盗もうとした、って？　母親もグルで？　それで、ハデスはずっと独りぼっちで、仕事ばっかしてて、……だから、チビたちは見るに見かねて逃げ出した？　少し休ませてやりたくて……？」

ハデスに視線をやると、ハデスも茫然としている。

「……そうか。そのような理由でそなたらは冥界を脱走したのか。確かに我は堅物で、職務のことしか考えておらなんだが、……我はケルベロスにまで心配をかけておったのだな。……すまぬな」

トンデモ設定に陽太まで洗脳されてきているような気もしたが、なにしろチビたちが必死に言い立てるので、反論もできなかった。

（でも、ハデスって、クソ真面目そうだから、チビたちが変な作り話をしてるんだったら、ぜったい止めてるよな？）

ということは実際に、今の話と似たような事情があるのかもしれない。

チビたちは、またしても言い募った。

「おぇぁ、ハデツたま、ちゅきなちと、でちた、うぇち！」

「ハデツたま、よた、ちゅき、うぇち！」

「ぺゥシエポエ、わゆいおな。ぇも、よた、ちゅぉく、いいやちゅ。おぇぁ、うぇち！」

ハデスは陽太の手を握ってきた。

「ケルベロスたちも、我がそなたを想うたことを喜んでおる。我はそなたと恋人同士になりたいと願う」

ぎょっとして、思わず手を振り払ってしまった。

「早すぎるって！」

「ならば、時を経れば我を受け入れてくれるのか？」

もうとっくに受け入れてるよ！

そう怒鳴りたかったが、なにしろファーストキスもついさっきが初めての、がちがちの恋愛初心者だ。いくら好き合っているとわかっても、こんな超絶イケメンと恋愛モードに即突入するのは憚（はばか）られる。

だから陽太は頭をガリガリと掻いて、言った。

「うん。――とにかく、さ、…なんか複雑な事情かかえてることだけはわかったからさ。俺も、あんたらといっしょにいられて、すごく楽しかったから。できるだけうちに泊めておけるように、策を考えるわ」

恥ずかしかったが、小さく付け加える。

「………恋人同士になるっていうのは、それから、だな」

ハデスは、最高に幸せそうに微笑んだ。

「よい。我はいつまでも待つ。そなたのような清らかな魂の持ち主と出逢えただけで、心が震えるような僥倖だと思うておる」

あ～～～、っと、またしても照れ隠しに頭をガリガリと掻いてしまった。

（ハデスの褒め言葉って、すんげぇハズい）

なんでもかんでも直球で褒めてくれるから、恥ずかしくて、めちゃくちゃ照れる。

それでも嬉しくてたまらない。

ほんとに、ずっとみんなでいっしょに暮らせたらなぁ、と思う。

ハデスがいてくれたら、嬉しくて、最高に心強い。チビたちがいてくれたら、いつでも可愛い姿が見られて、家が明るくなる。

どこからきたのかはわからないが、一日でも長くそばにいたいよな、と思っていて、

――ハッと気づく。

「ってか！　おめえら、玄関の外に出てきてんのに、裸足じゃねぇかよっ？　……ごめん、俺、気づかなかった！　ずっと裸足だったんだな。……痛かっただろっ？　なんか履く物用意するわ！」

チビたちはきょとんとしている。

「はちもぉ？」

「おぇぁ、いっちゅも、はだち」

「いた、なぃ」

いやいやいや、と首を振る。

「金ねーけど、なんとかするって。ほんと、裸足なのに俺ら心配して追いかけてきてくれたんだな。おめぇら、まじでイイ子だよな」

ぎゅううーっと三人まとめて抱きしめて、頬ずりすると、チビたちは嬉しそうにエへへと笑う。

そこで思いつく。

「それにしても。——まだ訊いてなかったけど、こいつら、一人ずつは、なんていうんだ？　いつまでも名なしじゃ不便だからよ」

ハデスに尋ねると、ハデスは当然のことのように答える。

「ケルベロス。他に名はない」

「いやいやいや。一人ずつだよ」

「三匹に分かれておるが、そやつらは元は一頭のケルベロスなのだ」

唸ってしまった。『冥界の門番設定』は、どうしても変えられないらしい。

「じゃあ、さ。俺が勝手に呼ぶけどさ、おまえら、三つ子みてぇに似てっけど、表情は一人ずつ違うんだよな」

　チビたちの頭を一人ずつ撫でて、

「笑い顔のおまえは、『ニコ』、怒り顔のおまえは、『プン』、最後、泣き顔のおまえは、『ベソ』だ。すげえ単純なネーミングだけどさ、…とりあえず、それでどうだ？」

　チビたちは顔を見合わせ、ニパァァァァ～！　と笑った。

　おのおの自分を指差して、

「ニコ、おぇ、ニコ！」

「おぇ、プン！」

「おぇぁ、ベソ？　…ん！　ベソ！」

　思わず三人の頭をぐりぐりしてしまった。

「ちくしょ～！　なんでそんなに可愛いんだよ、おめーらはよぅ！　……そっかそっか、気に入ったのか？　なら、それでいいな？」

「んっ！」

　ハデスが感心したように言った。

「やはりそなたは他の者とは違う。ケルベロスの顔の違いを見分けた者など、これまでただの一人もおらぬ。我ですら見分けがつかなかった」

「そっかぁ？　こんなに違うのに？」

チビたちの頭をぐりぐりなでまわして、ほっぺたもぷにぷに触っていると、ハデスはさらに感動したようにつづけた。

「ケルベロスをそのように恐れぬ者も、我は知らぬ。そこな犬は、冥界では非常に恐れられておるのだ。ケルベロスがひと声吠えるだけで、みなが怯え、震え上がる」

「おいおい。こいつらのどこが怖いんだよ？　それどころか、可愛さのカタマリみてぇな連中じゃねぇか」

陽太が言うと、チビたちはびっくりしたように目を見開いて、エへへへと笑った。

「おぇぁ、かーいぃ？」

「ん！　よた、かーいぃ、ゆ、た！」

「うぇち！　おぇぁ、かーいぃ、ゆわぇうの、うぇち！」

「可愛いに決まってんだろ？　ほんと、可愛くて可愛くてしょうがねぇよ」

ベソが、おどおどと尋ねてくる。

「…………よた、おぇぁ、ちゅき？」

「好きかって？　それもあたりまえだろ？　昨日初めて会ったばっかだけど、俺はおめぇらのこと、大好きだよ」

ニパァァァァと、嬉しくてたまらないように、三人は破顔した。

「おぇ、も、よた、だーちゅき!」

「おぇも、おぇも!」

「おぇも、おぇも、よた、だーちゅき!」

ぎゅうぎゅうしがみついてくる三人を丸ごと抱きしめて、頬ずりしてやった。

「あんがとよ! じゃあ、そろそろ家の中に戻ろっか? かーちゃんが朝飯作ってくれてるはずだからさっ」

朝飯、の言葉で、チビたちはもっともっと嬉しそうになった。

「かちゃ、の、あちゃめち?」

「たべゆ、たべゆ!」

「おぇぁ、かちゃ、の、ちゅくう、めち、だーちゅき!」

5

朝食は妙な取り合わせだった。

山ほど焼いたクレープと、ウインナー炒め、玉子焼き、きりぼし大根の煮物などだ。

母は申し訳なさそうに言う。

「クレープに挟んで食べてね。足りなかったらどんどん焼くから。挟むものがなくなったら、マーガリンかジャムをつけてね？」

そんなおかしなメニューでも、ハデスとチビたちは大喜びでがふがふ貪り食っていたが、陽太だけは心が痛かった。

（……そっか。うちにはもう食材がねぇんだな）

クレープやお好み焼きという粉ものメニューが出てきた時は、家計が苦しい時。それは子供の頃からの経験でわかっていた。

母と陽太の二人なら残りの食材で給料日までもたせられたが、予想外の大飯食らいが四人もやってきたので、予定が狂ってしまったのだろう。

朝食のあと、母が奥の部屋に入り、服を着替えてきたので、慌てて止めた。

「かーちゃん！　なに出かける支度してんだよ？　体調も万全じゃねえのに、……もしかして、カネ作りに行くつもりだろっ？」

母は困惑ぎみにうなずいた。

「どうすんだよ？　もう貯金ねぇはずだろ？　サラ金にでも行くつもりかっ？　だったら、俺が親方に給料前借りすっから！」

「でも、陽太……」

言いたいことはわかる。親方にはもう何度も前借りを頼んでいるし、じつは先月も前借りしている。

だが、サラ金は金利がつくのだ。いっとき楽になっても、あとがさらに苦しくなる。

そもそも借金をしなければいけない家計状況なのに、『利子』などというものがついたら、よけい払えなくなる。単純明快な論理だ。

（……かといって、うちには売れるもんももうねぇしなぁ。……さぁどうするか、だな）

しばらく悩んでいると、ハデスが言った。

「ならば我が、陽太の申したコンビニとやらで報酬を得てこよう。それで家賃と食物を賄えばよい」

「ああ～？」

ハデスは本気らしく、風呂場のほうに向かい、さっさと服を着替えてきた。

「さっき言ったの、マジだったのか？」

「まじ？」

「……あ、ああ。本当か、って意味だよ」

ハデスは真顔で答える。

「我は嘘など言わぬ。我の言葉は真実のみ」

気持ちは嬉しいが、そういうわけにはいかないだろう。ハデスは客人だ。

「な、なあ、ハデス。あんた、コンビニがどんな店だかわかってんのか？」

「いや。知らぬ」

まいったなぁ、と半分呆れつつ、説明してやる。

「コンビニってのは、コンビニエンスストアーの略で、……えっと、いろんな物、食料とか、雑誌とか、日用雑貨とかを売ってる店なわけ。コンビニ店員っていうのは、そこで、商品を売ったりするわけ」

「物を売る店というのなら、我も見たことがある。指南を受ければ我にもできよう。我は冥界の王であり、古くはティタン族とも戦った戦士でもある。与えられた職務に難癖はつけぬ」

「でもさ、――こう言っちゃなんだけど、あんたみたいな偉そうな態度としゃべり方の人間ができる仕事じゃねぇんだよ。客商売っていうのは、けっこう大変なんだ」

「我の態度に問題があるのなら、改めよう」

「品出しとか、掃除とか、雑用もあるんだぜ？」

「人の出来る作業であるならば、我にも出来よう」

いよいよ本気なのがわかって、陽太はあせった。

「で、でも、昨日会ったばっかかの人間にそこまでやってもらうんじゃ……」

母もいっしょになって説得にかかる。

「ええ、お気持ちだけ、ありがたくいただいておきますから。お気を使わせてしまって、本当に申し訳ありません。お金のことなら、私たちでなんとかしますから」

ハデスは軽く首を振った。

「いや。そなたらは、昨日会ったばかりの我らを訝しむどころか、心の籠った料理でもてなし、さらには宿まで提供してくれた。そなたらが少ない食物を分け与えてくれたことはわかっていた。我は正しく恩に報いる者である」

ハデスはつづけた。

「それだけではない。我は陽太に非常に強い恋情をいだいておる。我は恩などなくとも、陽太のために働きたい。そうして、晴れて恋人となりたいのだ」

陽太は慌てた。

「おいっ、かーちゃんの前でなに言ってんだよっ!?」

ハデスは、なにかおかしなことを言ったか？　みたいな表情で、平然と応える。

「我は真実のみ伝えておる」

「……そうだけどよ……」

恥ずかしいじゃねぇかよ。親の前で恋バナは。母のほうをチラリと見ると、母はぽかんとした顔をしている。しかたなく陽太は、少々ふてくされながらハデスの手を引いた。

「そこまで言うなら、いちおう連れてってやるよ。来な」

コンビニに連れて行って、駄目だとわかればハデスもあきらめるだろう。

家から出る際、ハデスは振り返り、チビたちに命じた。

「ケルベロス。そなたらは我に付き添わず、この場にて母御を守るのだ。母御に穢れを近寄らせぬよう」

チビたちは、陽太に対してとはうってかわり、そろってキッと真摯な表情で頭を下げた。

「ぁい！」

陽太も、おろおろしている母に言い置いた。

「──ってことでさ。これから俺とハデスでなんとかカネ作ってくっから。かーちゃんはチビたちと家で遊んでてくれよ。な？　ゆっくりしててくれや」

目指すコンビニは、大通りまで出て、二十分ほど歩いたところにある。

国道沿いに建ってはいるが、いかんせん田舎町なので、バイトをしてくれる人はなかなか見つからないらしい。その上、周辺の人口が少ないので、売り上げもたいしてなく、コンビニチェーン店の上層部に怒られっぱなしだよ、と店長はいつも零していた。

今日も店長は、一人で忙しなく立ち働いていた。

倉庫の前で段ボールを片付けている小太りの店長の後ろ姿に、陽太はおずおずと声をかけた。

「……えっと……おっちゃん」

子供の頃からの知り合いの店長は、振り返って、

「あれ？　陽太。どうしたんだ？　今日は仕事、休みか？」

笑いかけてくれたのだが、陽太の背後を見て、ぎょっとしたように固まってしまった。

そんなことはかまわず、ハデスは一歩前に進み出て、尋ねる。

「そなたがこの店の主か？」

「ま、まあ、あるじ、っていえば、あるじだね。雇われ店長だけどね」

「我はそなたのコンビニ、とやらで労務したい。職務の対価は即時の支払いを望む」

えええええ〜〜？

店長の口は、声に出さずにそういう形になった。小声で陽太に訊いてくる。

「……な、なに、この綺麗な外国人さん？　陽太の知り合いか？」

いや。驚くのはもっともだと思うよ、と陽太は苦笑した。

ハデスのルックスや態度、言葉づかいは、非常に個性的だ。

「知り合い、っつーか……まあ、一応知り合いになんのかな？」

恋人になりかけなんだけどな、ということはさすがに言えなかった。

店長の顔には、『うさんくさいなぁ』という不信の色と、『陽太、どっかの変なヤツに騙されてるんじゃないか？』という心配の色がまぜこぜで浮かんでいる。

そして、かろうじて無難な社交辞令を口にした。

「でも、外国人さんじゃあ……ちょっと……確かに人手不足ではあるんだけどね。うち、売り上げ低いから、たいした給料も払えないし……」

うん。言いたいことはわかるよ。ハデスに接客業が務まるとはとうてい思えないよな、やっぱり。と陽太はうなずく。

「ということで、……悪いね、うちでは無理だね」

「……そっか。そうだよな」

考えてみりゃあ、履歴書も書いてないし、そもそも身分の証明もできないし、断られて当然だよな、とハデスをつつき、引き上げようとした矢先、駐車場に車が入ってきた。

ドアが開く音とともに、すっとんきょうな声が響く。

「いや〜〜っ！　なにその人、めっちゃめちゃイケメンじゃ〜ん！」

うわ。客が来ちまったよ、と陽太は慌てた。

それも、面倒くさそうなギャル系のお姉ちゃんたちだ。

ルックスに関しては人のことなど言えない陽太だが——それでも、バカ濃い化粧の、一人は金髪、一人は緑髪、コートはひっかけているが、下は、このクソ寒いのに超ミニスカートにブーツという出立ちの二人連れは、田舎町ではなかなかのインパクトだった。

ギャルお姉ちゃん二人は、カッカカッと靴音も高く足早にやってくると、ハデスを上から下まで舐めるように眺め、さらに黄色い声を張り上げた。

「すげぇえ！　カンペキ！　なに、海外スターとかっ？　お忍び来日とかっ？」

「っつか、神だよ、神っ！　この世に降臨(こうりん)した神っ！」

ハデスは鷹揚(おうよう)にうなずく。

「いかにも。我は神である」

「きゃあああ！、なになになになにっ？」

「顔だけじゃなくて、声も神っ！　セリフも神っ！　上から下まで、全部、神〜っ！」

二人は手を握り合ってぴょんぴょん飛び跳ねている。女子というものは、ギャルであろうとなんであろうと、イケメンには弱いものらしい。

「そなたら、この店に用か？」

ハデスに正面から見つめられて、ぽっと火がついたように真っ赤になりながら、

「……よ、用っていうか……ちょいヒマだから、車に乗ってただけなんだけどさァ……」

「……あんた、店員さん……？」

ハデスは首をかしげ、

「いや、厳密に言うと現時点では店員ではない。今、そこな店長に交渉中である。我を雇うてはくれまいかと」

ギャル二人は即座に喰いついてきた。

「じゃ、これから店員さんになるかもしれないわけっ？　じゃあ、あたし、いろいろ買っ

ちゃう！」

「あたしも、あたしも！」

言うが早いか、物凄い勢いで店内に飛び込んだ。カゴを持ち、雑誌から化粧品からお菓子、弁当まで、かたっぱしから放り込んでいる。

お姉ちゃん二人はドサッとレジカウンターにカゴを置き、店長に怒鳴った。

「おっさん！　なにやってんだよっ。さっさと打ってよ！　あたしら、これ買うんだから！」

「袋も買うから！　早くやって！　ほら、すぐ！　急いで！」

店長は目を白黒させている。

それはそうだろう。けっこうな品数だ。とくに化粧品などはコンビニ内でも高額な商品ばかりなので、そのカゴひとつぶんだけで、普段の一日分の売り上げより多そうだ。

「………あ、……はい」

わたわたとレジに入り、ぴっぴっぴっ、と商品をスキャンすると、まだ茫然とした様子で袋詰めして、金を受け取ると、最後、ぺこりと頭を下げた。

「………ありがとうございました」

ビニール袋をいくつもぶら下げたお姉ちゃん二人は、鼻高々でハデスに視線をよこした。

どう？　どう？　あたしらイイ客でしょ？　こんなに買っちゃって、売り上げに貢献してんだよ？　みたいな、わかりやすすぎるドヤ顔だ。

（すげぇぇぇ！）

イケメンパワーだよな、これは。

つっ立っているハデスの横腹をつついてそそのかす。

「おい、こういう時は、『ありがとうございました』って言うんだよ。そんで、ちょこっと笑っとけ。そしたらきっと、また来てくれっから」

「笑う？　我は笑ったことなどない。ゆえに笑い方などわからぬ」

「んなことねぇだろ？　俺を見て、しょっちゅう笑ってんだろ？　ああいう目つきしてやりゃあ、いいんだよ」

ハデスは一瞬考えて、しみじみと言った。

「……そうか。我はそなたを見て、笑っておったのか」

「ああ。最初のうちは無表情だったけど、今はすげえ笑うぜ？　こっちが恥ずかしくなるくらい、いっつも」

ハデスは深くうなずいた。

「了解した。そなたを見ているつもりで、あの娘たちを見ればよいのだな。そうすれば我

は微笑みを浮かべられるのだな」

そして、「ありがとうございました」と彼女たちに言った。

陽太はお姉ちゃんたちのほうを見ていたので、ハデスの表情はわからなかったが、かなり威力のある微笑みだったようだ。

お姉ちゃんたち、身体の骨がすべて抜けてしまったかのように、ふにゃふにゃになった。

「………うわぁ。目ぇ潰れそう……」

「………神、ハンパねぇ……」

よろよろと店を出るお姉ちゃんたちに、陽太も声をかけた。

「ありがとうございましたぁ！　またのご来店をお待ちしておりまぁ～っす！」

その言葉は陽太が言ったのに、姉ちゃんたちはハデスの言葉だと勘違いしたようだ。満面の笑顔で振り返って手を振ってきた。

「もちろん！　またくるって！」

「明日もあさってもくるよ！　期待してて！」

半分お笑いコントのような大騒ぎの嵐が去ってから、陽太はニヤッと笑って店長に言ってやった。

「さ～ってと！　――見ただろ？　こいつがいると、ああいうふうに、女の人がわっさわっさ買い物にくんぜ？　なんせ、女性はイケメン好きだからな」

そう言っているあいだにも、親子連れ、若い男女、おばちゃん、おばあちゃん、おじちゃん、おじいちゃん、老若男女が誘蛾灯（ゆうがとう）に引き寄せられる虫のようにふらふらと店に集まり始めていた。ガラスの外から中を覗き込み、我先に店内へ入ろうとしている。

普段そんなに人通りはないはずなのに、いったいどこからやってきたのか。本当にハデスが催眠術かなにかで引き寄せているようだ。

「違うな。女だけじゃなくて、男もけっこう集まってきてんな？　ほらほら。早いとこ制服着せてやってくれよ。――って思ったけど、こいつのガタイだと、コンビニの制服、無理か？　……だったら、エプロンだけでもいいや。ついでに俺も今日は手伝えるから、エプロン一枚貸してくれよ」

店長はまだぼんやりしているので、さらに急かした。

「ボーッとしてる暇はねぇぜ？　レジ打ちとかはおいおい教えるにしても、客引きのパワーだけはすげぇからな、こいつ。今、外にいる人たちだけでも、一週間分以上の売り上げ出るんじゃねぇか？」

「……あ、ああ。そうだね」

「履歴書も、証明書もなんにもねぇけど、いいよな？　こんなに役に立つんだから、おっちゃん、上にはうまく言い繕えるだろ？」

「……ああ。うん、うまく言い繕うよ」

「そんで、いっぱい売り上げたら、こいつのアルバイト代、はずんでくれよなっ？」

店の中はたくさんの人でごったがえし、お祭り騒ぎのようになった。

一応お目付け役のような恰好で、陽太も手伝いながら、（または、ハデスに話しかけたがる女性たちをうまいことといなしながら）一日ハデスの仕事ぶりを観察していた。

自分で言っていたとおり、ハデスは本当に生真面目に働いた。

愚痴も文句も、ひとことも言わない。めんどうくさい品出しや、トイレ掃除なども、一切嫌がらずに黙々と行っている。

なまじルックスが派手なので違和感はハンパなかったが、ある意味予想どおりだったかもしれない。

陽太は自分を嗤った。

（……本格的にヤバイかもしんねぇなぁ。なんか俺、ハデスのこと、ものすごく好きみたいだ）

いいところばかりが目に入ってくる。外見だけではなく、声、性格、態度、すべてが最高にかっこいい。

昨日会ったばかりだなんてことが信じられないくらい、頭の中が『ハデス』でいっぱいだ。

陽太には、生まれた時から父親がいなかった。

だから、もしかしたら年上の男性という存在に飢えていたのかもしれない。

(ほんとに、こいつもチビたちも、どっから来たんだろ？　できたらずっといっしょに暮らしてくんねぇかな)

飯の支度は大変だろうけど、あそこまで盛大にがふがふ貪り食ってくれる奴らがいたら、かーちゃんも張り合いができて、元気になりそうなんだけどな。

そんなことを思いながら、陽太は忙しなくバックヤードと売り場を往復して、足りなくなった商品を補充していった。

仕事は夕方六時には上がらせてもらえた。

なぜかと言うと、もう店に売るものがほとんどなくなってしまったからだ。

弁当だけではなく、パン、飲料、菓子、雑誌、化粧品、文房具、日用雑貨、どの棚も商品がほぼない。

半分泣いているような顔で、店長はハデスの手を握り締めて言った。

「助かったよ。あんなにお客さんがきてくれるなんて、開店以来初めてだ。長年のデッドストックも全部捌けたし、……まだ信じられないくらいだよ。これから、店中の商品、発注しなきゃいけないよ。もう、どの棚もすっからかんだ」

ハデスは満足げにうなずいた。

「うむ。礼には及ばぬ。閑散とした店と聞いて、我の神力で少々人を呼び寄せてみた。商品が捌けたのなら、それは我にとっても幸いである。慣れぬ作業であったが、なかなかに愉快であった。この地の者たちが我を恐れず、気さくに語りかけてくることにも、我は大層驚いた。じつに感慨深き一日であった」

またなんかおかしなこと言っているなと思ったが、店長はそんなこと聞いちゃいない様子で、

「バイト代は日払いで欲しいんだったよね？」

「うむ。できれば、空知家のアパート代分を先払いで受け取りたい」

そんなとんでもない要望でも、店長は快諾してくれた。

「いいよ、いいよ。ちゃんと明日もきてくれるんだったら、先払いしてあげるよ」

店長は陽太のほうにも、おおげさなくらい感謝してくれた。

「いい人を連れてきてくれて、本当に助かったよ。陽太にもバイト代はずむからな」

「いや、俺はいいけどよ。――明日っから、ハデスのことよろしくな？　俺は工務店の仕事のほう、行かなきゃなんねーからよ」

「もちろん！　もちろんだって！」

店長は、陽太の手も握り締めて、感極まったように上下にぶんぶん振った。


そんなこんなで帰り道だ。

冬の夕方はすぐに暗くなってしまう。

店長が、かろうじて売れ残っていた小麦粉や缶詰を持たせてくれたので、それをみやげにして、夜道をハデスといっしょに歩く。

昼間はバタバタしていたからほとんど話もできなかった。家でも、母やチビたちがいたから、二人きりになるのは初めてだ。

妙にむず痒いような気分で、陽太はハデスに話しかけた。

「……あのさぁ」

ハデスは優しい声で尋ね返してくる。

「なんだ?」

なにか言いたいと思ったのだが、うまく言葉が出てこなかった。

ハデスの声があんまりにも深くて、心地よかったから。それが、自分の言葉に対しての返事だということが、とても胸に沁みてしまって。

「………やっぱ、いいや」

「そうか」

応える声は、甘い響きを含んでいるように聞こえた。

どうしよう、と思った。

(俺、ほんとに、一気に恋に落ちちゃったみたいだ)

もっと言えば、一秒ごとにどんどんどんどん落ちていっているようだ。

なんだろう、この気持ち?

足元がふわふわする。胸の中があったかい。

世界がすごく綺麗に見えて、全てが、嬉しくて、幸せで、たまらない。

「我もだ」

ハデスは陽太の心を読んだように、そう言った。

「……怖いよ。ちょっと。こんな気持ちになったの、初めてだから」

それにも、ハデスは応えた。

「我もだ」

たぶん、本当にハデスには陽太の心が伝わっているのだろう。

なぜなら、陽太も、ハデスの考えていることが手に取るようにわかったからだ。

「みんな、こんなふうになんのかな？」

一拍置いて、ハデスは応える。

「我は、知らぬ。初めての恋ゆえ、……ただ、幸せと喜びが満ちてくる。そなたがいとしくてたまらない。我はそなたのすべてを守りたいと願う。今まで知らなかった想いが、あとからあとから湧いてくる。だが、どれも大層心地良い」

どちらからともなく手を差し伸べて、繋いでいた。普通に繋ぐだけじゃあ足りなくて、指をからめていた。

夜だから誰も見ていないだろう。

ハデスの手は大きくて、少し冷たかった。

「そなたの手は温かいな」

「……ん～、ガキだから体温高いのかな？　あんた、冷え性？　だったら、俺の手であっためてやるよ」

国道から一本道を入れば、もう人通りなどほとんどない。

また、どちらが言い出したわけでもないのに、二人同時に歩を止めていた。

街灯の明かりは、ぽつんぽつんと点在していて、青白い光は、その下だけを照らしている。

光のないあたりで、唐突にハデスは大きな胸にくるみ込むように陽太を抱きしめてきた。

背が違いすぎるから、ハデスの胸あたりに顔を埋めるような恰好になって、それがまた大きな安心感に繋がる。

その一方で、心臓の鼓動はうるさいくらい早くなっている。

ハデスは感慨深げにつぶやく。

「我が触れても、そなたは嫌がらぬのだな」

「あんたに触れられて嫌がるヤツなんか、この世にいねーだろ?」

「……いや。反対だ。触れるどころか、我と目が合うだけで、みな怯える。恐怖に顔を引き攣らせる。一歩でも遠くに離れようと、みなが争って我から逃げて行く」

陽太は本気で吹き出してしまった。

「どこの世界の話だよ、それ？　でも、少なくとも俺は……」

あとは恥ずかしくて言葉にできなかったから、胸の中でつぶやいた。

（あんたに抱きしめられて、嬉しくてたまんねぇよ）

そして陽太も、ハデスの背に手をまわして、ぎゅっと抱きついた。

ハデスの声は、戸惑う子供のようだった。

「……我は困惑しておる。なにゆえそなたは我を厭わぬ？　なにゆえ、我に触れられて、そのように喜ぶ？　我に抱きついてくる者など、……今まで、ただの一人もいなかった」

ハデスも、胸の鼓動が抑えきれないようだ。声が上ずっている。

少々ふてくされ気味に、陽太は言い返した。

「だって、しょうがねぇじゃん。抱きつきてぇんだもん。……あんただって、我慢できねーから、こんなとこで抱きしめてきたんだろ？　おあいこじゃん。俺ら、どっちも恋愛初心者だから、……いいじゃん。好き同士なら」

「そなたの言葉も態度も、……なんと心地良いのであろう」

一瞬黙って、次の瞬間、二人は引き合うように唇を重ねていた。

（キスって、気持ちいい）

「……ああ」

（心臓ドキドキしてんの、聞こえてんじゃねぇかな？）

「我の心臓も早鐘のようであるゆえ、……わからぬな」

陽太は思わずくすっと笑ってしまった。

「ほんとあんた、マジシャンかなんか？　人の心、読めるみてぇだな。俺の考えてること
に、すぐ返事するし」

「不快か？」

「まさか。言わなくてもわかってくれっから、すげえ楽」

ハデスの身体が少し震えた。

感動しているのが伝わってくる。

魂が絡み合っているようだ。

胸が熱くて、甘狂おしくて、なのに幸せで、どうしようもない。

「……なんだよ、この気持ち……？　わけわかんねえよ」

「ああ。わからぬが、……我らは世を越えて惹き合った。我はそう考えておる」

「そうだな。……あんたがどこの誰でも、……俺、好きだよ」

陽太にとって生まれて初めての、恋の告白だった。

喜んでくれるかと思ったのに、ハデスは苦しそうな顔になった。

「どこの誰でも…………」

「なんだよ？」

「我の真実を知っても、そなたはそう言うてくれるか……？」

「信じねぇの？」

ハデスは、唇を噛み締めてうめいた。

「信じたい。そう願ってはいるが、……無理なのも、承知している」

そんなことを言いながら、陽太を抱きしめる腕を強めるのだ。

けっして離したくないとでもいうふうに。

「なんか、理由があるんだな？」

「ああ」

「でも、俺、あんた、好きだよ。大好きだ」

ハデスの声は泣いているような悲しげなものとなった。

「できうることなら、……そなたを我の国まで攫(さら)って行きたい。そなたとともに生きて行きたい」

その言葉が本気なのは、わかった。だから、陽太も本気で答えた。

「かーちゃんが安心できる状態になったら、俺もついて行きたいよ。あんたの国がどこだか知んねぇけど。でも、今は無理だ」

「……そうだな」

車のライトが通り過ぎて行った。

ハデスは名残惜しげに陽太を放し、また歩き出した。

「母御が夕餉の支度をしてくれておろう」

「うん。家賃の心配がなくなったことも、早く知らせてやりてぇしな」

ふと思った。

(そういや、ハデスの着てる服とか、宝石みたいなのいっぱいついてっから、それ売ってもらってもよかったのかな？　コンビニで働かせて悪かったかな？)

「なるほど。それは我も気づかなかった」

考えをすぐ読まれるのも慣れてしまったから、陽太も普通に返した。

「だろ？」

「売れる場所があるのなら、明日売ってこよう。我らの食費代にはなるであろう」

ははは、と笑った。

「たぶん、くっついてる石、一、二個売っただけで、一か月ぶんくらいの食費になるんじゃね？　あんたらがものすげえ大飯食らいでもな。それ、めちゃめちゃいい宝石だろ？」

「ああ。世で最高位の宝石でなければ、神である我の衣服にはつけぬであろうからの。我の配下の者は我を大層恐れておるのでな」

「ま、恐れてなくても、あんたには最高にいいもん着せてやりたいと思うさ。誰でもな。ぜったい似合うのわかってるし」

ハデスは、ぎゅっと手に力を込めてきた。

「そなたは、……すべてを清らかに受け取るのだな。そして、すべてを清らかな言葉で語る」

「そっかぁ?」

「ああ」

「え? 俺、すげえ口が悪いと思うけど?」

「いや。そなたの語る言葉は、常に他者に対する好意と思いやりに満ちている。母御もだ。我はそれに感動しておるのだ」

ほんと、俺がなにしても、なにやっても、おおげさなくらい感動するヤツだよな。と陽太は少しだけ苦笑した。

ハデスがアルバイト代を差し出すと、母は何度も何度も礼を言って、すぐさまアパート代を支払いに行った。

笑顔で戻ってきた母の話だと、家賃滞納の弱みを握りたかった郷田は、苦虫(にがむし)を噛み潰したような顔でしぶしぶ金を受け取ったらしい。

もちろんそれを聞いた陽太は大爆笑だった。

「あいつの顰(しか)めっつらが目に浮かぶぜ。ざまあみろ、だ!」

これで一か月間は安心して生活できる。

6

夕飯はまた『おかわり』連発の大騒ぎで、みんなニコニコ笑いながらの食事だった。

おかわりのほかにも、食べる前には『いただきます』、食べた後には『ごちそうさま』を言うのが日本の習慣だと教えたら、これからは必ず言うようにすると、みんなすぐに承諾してくれた。

ハデスが始終熱い視線を投げてくるのだけは閉口したが、――それは、その都度母の目を盗んで睨み返してやった。

（バカ！　普通にしてろ、って！）

するとハデスはひどく嬉しそうに微笑むのだ。

もしかして陽太に睨まれるのを面白がって、わざとやっているのかもしれない。

だから心の中で罵ってやった。

（笑ったことねぇなんて、まるっきり嘘じゃん。あんた、ものすげえ笑い上戸じゃん）

そうしたら。

ハデスは驚いたように目を見開き、次の瞬間、声をたてて笑ったのだ。

まるで嬉しくて仕方がないとでもいうように。

チビたちはぎょっとしたようにハデスを見たが、やがてつられたように、顔をくしゃくしゃにして笑い出した。


翌日は、いつもどおり早朝に起きた。

一昨日の夜から目まぐるしい展開つづきだったが、浮かれてばかりもいられない。

（おっし！　気ィ入れ替えて、今日もバリバリ働くぞ！）

いくらハデスが稼いでくれるといっても、自分には自分の仕事があるのだから。

食事をすませたあと、作業着に着替える。

チビたちは、炊飯器の中の飯がなくなるまでずっと『おかわり』状態だから、振り返って言い置く。

「おまえら、ごちそうさましたら、ちゃんとかーちゃんの手伝いして、茶碗とか片付けてくれよ？　……じゃあ、俺、仕事行ってくっからよ。あとのこと、頼むな？」

チビたちは、フォークを持ったままの手を挙げて、まかせて！　とばかりにうなずく。

「んっ！」

ハデスのほうも支度を整えていた。

「では、我も早めにコンビニへと勤務に出かけるとしよう。店主殿との約束を違えるわけにはゆかぬからな」

「うん。悪いけど、よろしくな。あんたの稼ぎがあると、すげえ助かるからよ」

ハデスは満足そうにうなずく。

「礼には及ばぬ。我は、あのコンビニ労務とやらが大層気に入った。人々の思念が心地良いのだ。信じられぬことではあるが、誰一人として我を恐れず、みなが我に好意をいだいておる。あのような者たちと相まみえたのは初めてである。さらに、店主殿の感謝の想いもまた、我にとっては初めて寄せられたものゆえ、非常に胸震わせるものである」

陽太はう～ん、と考えて、頭の中で意味を意訳してみて、

「……みんなが、あんたのこと好きだって想いが、気持ちいいのか？　……なんかよくわかんねぇけど……ま、あんたが嫌がってねぇんだったら、それでいいや。頼むよ」

そこで思いつき、付け足した。

「あ、そうだ！　今日は帰りになんか食材、買ってきてくれよ。家に食べるもん、ほとんどねぇからさ。チビたちに甘いもんとかもあるといいな」

「承知した」

「次の休みには、みんなで、隣町のスーパー行ってもいいけどよ。とりあえず、な」

そこまでは、よかったのだ。普通の会話だったから。

だがハデスは、感慨深げに付け加えたのだ。

「これもまた、初めて味わう感情であるな」

「え？　なにがだよ？」

「そなたの頼みを聞くと、不思議と我の心は打ち震えるのだ。そなたに頼られることは、この上なく強い喜びである」

またハデスの感動癖が始まっちまったよ、と陽太は睨みつけて黙らせようとした。

（かーちゃんの前では、そういうこと言うの禁止！）

するとと案の定、ハデスは弾かれたように笑い出してしまった。

（……ったく、ほんと拍子抜けするな、あんたは！　俺、怒ってんのに、なに笑ってんだよっ？）

しかしハデスは笑いやめるどころか、もっと楽しそうに笑ったので、陽太は呆れて肩をすくめるしかなかった。


寒さは一昨日までと変わらないはずなのに、心が温かいと身体もぽかぽかするらしい。陽太は工務店までの道のりを足取りも軽く駆けて行った。

勢いよく入口のドアを開け、

「っはよーございまーすっ！」

デスクで事務仕事をしていた親方が、怪訝そうに訊いてきた。

「お、どうした、陽太？　今日はいやに浮かれてるな？」

「ええ？　そうっスかぁ～？」

「なんかいいことでもあったか？」

「……ま、まぁ、……あった、っちゃあ、……あったかなぁ……？」

とぼけておいたが、自分でもわかっていた。

ハデスのことだけではない。

家ではチビたちが母といてくれるし、家に帰ればまたみんなで笑いながら食卓を囲めるのだ。顔がニヤけてしまうのも仕方ないと思う。

その日の仕事が終わってからは、飛ぶように帰宅した。

「ただいまーっ！」

ドアを開けると、母はチビたちと奥の和室で座卓を囲んで座っていた。

「あら、おかえりなさい、陽太」

チビたちは我先にと駆けてきて、はしゃいだ様子で陽太に飛びついた。

「よた！　おかぇえり！　きょ、かちゃと、え、か、た！」

「かちゃ、クェォン、かちて、くぇた！」

「おぇ、よた、か、た！」

プンが得意げに見せてよこした画用紙には、大きく陽太の顔らしきものが描かれていて、陽太は思わず顔がほころんでしまった。

「おお、初めて描いたにしちゃあ、すげえうまいじゃん。あんがとな、プン」

頭を撫でてやると、ニコとベソも競うように画用紙を見せてきた。

「おぇ、かちゃ、か、た!」

「おぇ、ハデツたま!」

「そっかそっか。おめぇらもうまいぞ? 楽しかったか?」

「んっっ!」

みんなで和気あいあいとお絵描きをしていた様子が目に浮かぶようだ。

母もやってきて微笑む。

「おかえりなさい陽太、みんないい子だったわよ。お皿洗いのお手伝いもしてくれたの」

「そっか。かーちゃん、今まで、俺がいないあいだはいつも一人だったからな。チビたちといたら、気が紛れただろ?」

「ええ、ほんとに。すごく楽しかったわ」

陽太は、うんうんとうなずいた。

チビたちの元気パワーは、母にもとてもいい影響を与えているようだ。


翌日も、その翌日も。

ハデスはコンビニに出かけ、陽太は工務店に出勤した。

母とチビたちは、お絵描きをしたり、折り紙を折ったり、テレビの子供番組を観ていっしょに歌ったり踊ったり、毎日さまざまな遊びをしているらしい。

陽太が帰ると、チビたちは玄関まで駆けてきて、大喜びで一日の報告をしてくれるから、それを聞くのが帰宅後の楽しみになった。

ハデスのほうはと言えば、わりと楽しそうにコンビニ勤務をつづけていた。さらにはコンビニスイーツに大ハマりしてしまったらしく、売っている全商品を制覇する勢いで、毎日山ほど買ってくる。

それをみんなで夕食後に食べるのも、日々の日課になった。

一週間も経つと、もう彼らのいない生活など考えられないくらい、ハデスとチビたちたちは空知家に馴染んでいた。

毎日毎日、幸せすぎて胸が痛いくらいだった。


その日も仕事が終わるなり、陽太は一目散に帰宅した。

明日は休みの日だ。みんなでバスに乗って大きなショッピングモールにでも行こうかな？　ゲームコーナーで遊具とかに乗せてやったら、チビたち大はしゃぎするだろうな。

などと考えながら、駆けつづける。

ところが、アパートまでもうすぐというところで、耳を劈くような悲鳴が聞こえてきた！

「うわぁぁぁぁああああぁぁぁぁぁ――――――――っ！」

ぎょっとして足が止まった。

（な、なんだっ？　どうしたんだっ？）

声はアパートのほうからだ。まさか自分の家に関係してはいないだろうなと、慌てて駆けて行く。

道の角を曲がると、アパート前の駐車場で、男が尻もちをついていた。郷田だった。

悲鳴は郷田のものらしい。

「………ば、化け物……」

郷田は腰が抜けて立ち上がることすらできない様子で、尻で地べたを擦りながらずるずると後ずさっている。

その視線の先を辿り、見上げてみて、――陽太も悲鳴を上げそうになった。

（なんだよ、あれっ!?）

目にしたものが信じられなかった。

アパートの前に、巨大な黒犬が、いた。

巨大犬といっても、グレートデーンとかセントバーナードなんてレベルじゃない。牛や馬よりも、……いや、たぶん地上に現存するどの動物よりも大きい。

（……なんだよ、あの犬……。三階建ての家くらいあるんじゃねぇか……？）

アパートのほかの部屋の住人も、カーテンの隙間から化け物犬を怯えたように盗み見ている。どの顔も真っ青。

その巨大な犬は、郷田を威嚇するように吠えた。

「うわあっ！」

陽太は思わず耳を押さえた。

空気がびりびり震えている。

ワンワンワン！　でも、ウォォォォーッ！　でもない。この世の厭な音をすべてミックスしたような、言葉では言い表せないほどおぞましい咆哮だ。

恐怖のあまり、身体が勝手にガタガタ震え出していた。

（いや、それよか、かーちゃんとチビたちはっ？）

大丈夫なのかっ？　潰されたり喰われたりしてねぇだろうなっ？

あたりを見回しても、血などは見当たらない。

ホッとしつつ、またそろそろと見上げてみる。

吠えている化け物犬は、巨大というだけではなかった。なんと、頭が三つある。その上、シッポはのたうつ蛇だった。

どう見てもCGホログラムとかじゃない。特撮のハリボテでもない。本物だ。迫力と存在感が全然違う。生きている物特有の、生々しさがある。

そこで、陽太はハッとした。

（……ちょっと待てよ。頭が三つあって、シッポが蛇の犬って、……まさか、ケルベロス……？）

そうだ。神話のケルベロスが現れたら、あんな姿になるはずだ。

陽太はすぐに首を振った。

ありえない。いったいなにを考えてるんだ。

ハデスたちのコスプレ設定に、自分まで毒されてどうする。こんな場所に、あのケルベロスが現れるわけないじゃないか。

ここは日本だし、それも田舎町の、貧乏アパートの前だ。

きっと、なにかの仕掛けがあるはずだ。どこかに撮影スタッフとかが隠れていて、すぐに笑いながら出てくるはずだ。

「そうじゃなきゃ……いったいどうすりゃいいんだよ……？」

ふいに、足元から震えた声がかかった。

「お、……おい、息子……」

応える陽太の声も震えていた。

「郷田さん、……あれは……」

恐怖で顔を引き攣らせながら、郷田は怒鳴り返してきた。

「あれは、……じゃねぇんだよ！　おまえんちにいたんじゃねぇか！　なんだよ、あの化けもんはっ!?　おまえんち、なに飼ってやがるんだよっ!?」

「俺んちに……いた……？」

うちは、生き物なんか飼っていない。

というか、そもそもあんな大きさの生き物は、アパートに入れない。物理的に無理だ。

郷田はなんとか立ち上がれたらしい。

「と、とにかく、オレは知らないからな！　あとは、おまえがなんとかしろよっ？　警察呼ぶなり、保健所呼ぶなり、自衛隊呼ぶなり……」

全部言い終わらないうちに、郷田は脱兎のごとく逃げ去ってしまった。

取り残された陽太は、巨大犬を見上げて動けなかった。

（あんなの、……警察とかで、なんとかなるもんなのか……？）

そこで。——唐突に、化け物犬が変化したのだ。

ぼんっ！

次の瞬間、目に飛び込んできたのは、見慣れた可愛いチビたちだった。三人が、短い手足を懸命に動かして駆け寄ってくる。

チビたちは、どすんっ、と陽太の足にぶつかると、我先に言い募った。

「よた！」

「かちゃ、たいへ！」

「おぇぁ、わゆいやちゅ、おっぱぁ、た！」

足がガクガクする。巨大犬を見た時よりも、恐ろしくなった。

怯える目で、チビたちを見下ろす。

（…………嘘だろ……。こいつら、マジで、ケルベロスだったんじゃん……）

血の気が引くようだった。

ありえねえ。

そう思うそばから、今見たシーンが脳裡に蘇る。

自分だけではない。郷田も、アパートのほかの住人も見ている。

陽太は、さらに恐ろしい事実に思い至ってしまった。

（…………こいつらが本物のケルベロスだったんなら、…………まさかハデスも……本物の、冥界の王『ハデス』……？）

茫然としている陽太のふとももを、六つの小さな手がぺちぺち叩いた。

「よた！　ぼーっ、してたぁ、めっ！」

「わゆぃやちゅ、ぃえ、ちた！」

「わゆいやちゅ、かちゃ、むぃやぃ、ちゅぇてこ、ちた！」

ようやく我に返った。

こいつらが本当のケルベロスだったとしても、おかしな幻術を使ったとしても、今はそんなことより、なんのためにケルベロス化したのか、そっちのほうが重要だ。

陽太はプンの肩を掴み、尋ねた。

「悪いヤツって、郷田だよなっ？　かーちゃんを無理やり連れて行こうとしたって？」

「んっ！」

チビたちはヒートアップして言い立てる。

「おぉめ、なぇ、ゆ、た！」

「おぇぁ、とめたぁ、わゆいやちゅ、おぇぁ、け、た！」

「だぁら、おぇぁ、へんちん、ちた！　かちゃ、まもぁなきゃ、おも、た！」

拙い言葉でも、その場が想像できた。

「かーちゃんに、お嫁になれって？　そんで、止めたおまえらを蹴ったから、だからおまえらは変身したんだなっ？　かーちゃんを守るために？」

今度は怒りで身が震えた。

母に乱暴したのも許せないが、チビたちを蹴るなんて！　人として許せない行為だ！

そりゃあ、……チビたちの真の姿は『冥界の門番ケルベロス』だったかもしれないが、『幼児姿の三人』が、母を守ろうと必死になっているところを、あの男は足蹴にしたのだ。

陽太は低く唸った。

「ちくしょう！　あいつ、俺とハデスがいない昼間を狙って、きやがったんだな！」

「んっ！」

「なんて卑怯者なんだよ！　やっぱ、おめぇらが言ったとおり、あいつは悪いヤツだ！」

「んっっ！」

「ありがと。ほんと、ありがとな？　おめぇらがいてくれて助かったよ」

チビたちを抱きしめて礼を言うと、チビたちは、なぜだか涙ぐんでしまった。

ベソが、恐る恐るという感じで尋ねてくる。

「…………よた。おぇぁ、……こぁく、な?」

「怖い? ……ま、そりゃあ、すげえびっくりしたけど、……でも、かーちゃんのために変身してくれたんだから、やっぱ、ありがと、だろ?」

チビたちはくしゃくしゃくしゃの顔になった。ポロポロ涙まで流し始めている。

胸が痛くなってきた。

(もし、ほんとにさっきのアレが本来の姿だったら、……こいつら、マジでみんなに忌み嫌われてきたんだろうな……)

そう考えると、今までのチビたちの言動が哀れに思えてくる。

こんなに甘えたがりで人懐こい子たちが、外見が怖いというだけで長年恐れられてきたのだとしたら、それはあまりにも可哀相な話だ。

だから、ぺしっ、ぺしっ、ぺしっ、と順番に頭を叩いてやった。

「バーカ。なに泣いてんだよ? おめぇらは、おめぇら。そんでいいだろ?」

とにかく郷田は追い返せたのだ。安心しろと母に言おうと思って、家の玄関ドアを開けたとたん、陽太は叫んでしまった。

「かーちゃんっ!」

とんでもない光景が目に飛び込んできたからだ。

奥の部屋で母が倒れている！

「かーちゃん！　どうしたんだよっ、かーちゃんっ!?」

慌てて靴を脱ぎ捨て、家の中に駆け込む。

家の中はぐちゃぐちゃだった。座卓はひっくり返り、クレヨンも画用紙もそこらじゅうに散乱している。

（そうだ。チビたちがあんな姿になってまで抵抗しようとしたんだ。きっと郷田はそうとう強引にかーちゃんに迫ったんだ！）

あいつはハデスと母の仲を疑っていた。陽太やチビたちがいるといっても、よその男が母と寝食をともにしているのが許せなかったのだろう。

だが疑われるのは当然かもしれない。ハデスはとんでもない男前なのだ。

こんなことなら、母ではなく自分のほうの恋人だとバラしておけばよかったと後悔したが、すべて後の祭りだ。

陽太は倒れている母のもとに頽（くずお）れるように座り込み、抱き起そうとした。

「かーちゃん！　しっかりしろよ、かーちゃんっ！」

なのに、母の身体は力なくグラグラ揺れるだけだ。

手を握って持ち上げようとしても、パタリと落ちてしまう。

ゾッとした。激しく抵抗した際に、心臓発作でも起こしてしまったのだろうか。すぐに掌（てのひら）を母の鼻先に寄せてみる。

（息してねえ！）

顔を寄せ、頬で呼吸を感じようとしても、無駄だった。

空気の動きは一切、ない。

（…………嘘だ）

息をしていない、ということは、…………それは、すなわち、死んでいるということだ。

一瞬、世界が凍った。

「……嘘だ。……嘘だ、嘘だ……」

こんなことがあっていいはずがない。

いいはずがないんだ！

（馬鹿！　呆けている暇なんかねえだろ！　一刻を争う状況なんだから、すぐに隣の人に電話借りに行かなきゃ！　救急車、呼ばなきゃ！）

自分を罵（ののし）る声が頭の中で響いていた。それなのに身動きがとれない。意識が白濁（はくだく）してしまったようで、なにも考えられない。

その時、玄関から声がした。

「陽太？　どうかしたのか？　ケルベロスたちが外で泣いておったが……」

母を胸に抱いたまま、陽太は声を上げた。

「ハデス！　早くきてくれよ！　かーちゃんが………かーちゃんがっ……」

ハデスは足早に駆け込んできた。様子を見て、陽太から奪うようにして母を抱え起こしたが、――すぐに堅い表情で首を振った。

「手遅れだ」

「……手遅れ……？　死んだ、ってことか……？」

「ああ」

陽太はようやく声を絞り出した。

「………じゃあ、早く救急車を……」

しかし、ハデスは無表情で答える。

「無駄だ。間に合わぬ」

ハデスとチビたちは顔を見合わせている。

人というのはあまりに激しいショックを受けると、思考が停止してしまうものらしい。

陽太は床でへたり込んだまま、腑抜けのように虚空を見つめていた。

なのに、唐突にハデスは言ったのだ。

「冥界へ戻るぞ、ケルベロス」

チビたちも、固い顔で返事をする。

「ぁい！」

陽太は錯乱状態に陥った。気づけば我を忘れて泣きわめいていた。

「なに言ってんだよっ？　うちのかーちゃんが死んだっていうのに、おまえら、さっさと帰っちまうっていうのかよ!?　今、そんなこと言うのかよっ？　――薄情もん！　一宿一飯の恩義とか、ねーのかよっ？　世話になったって言ってたじゃねえかよっ！　あれ、嘘だったのかよっ？」

パシッ！　と、後頭部をはたかれた。

振り返ると、ニコだった。めずらしく怒り顔で言う。

「ハデツたま、たちゅけ、いく！　ハデツたま、できゆ！」

驚いて尋ね返した。

「……え？　もしかして、……ハデスなら、かーちゃんを生き返らせることができる、って？　だから冥界まで追いかけて行くって？」

力強く三人はうなずいた。

「んっ！」

慌ててハデスにも尋ねる。

「本当か？　本当なのか、ハデス!?」

ゆっくりとうなずき、ハデスは冷酷なまでに淡々と言葉を吐いた。

「そなたの母御は、いまだ魂の緒が切れてはおらぬ。一瞬、魂と魄が離れてしまっただけのようだ」

希望の光が見えたような気がした。

「じゃ、もしかして助けられるのかっ？」

「急げば間に合うだろう。だが、他の者ではできぬ。冥界の王である我にしかできぬことだ。ゆえに、我は戻る」

しかし、希望の光は、悲しいほどの真実を孕んでいた。

（……………そっか。認めたくねぇけど……認めなきゃいけねぇんだな……）

腑抜けたまま、陽太はつぶやいた。

「……………じゃあ、……やっぱあんた、本当に、本物の、ハデスさまなんだ……？

ただのコスプレ野郎じゃなかったんだ……」

ハデスは、痛みと悲しみの入り混じった表情でうなずく。

「こいつらも、……本物の、ケルベロス……？」

「ああ」

陽太も、うなずいた。そうするしかなかった。

「そっか」

「……ああ」

しばらくして口から洩れ出ていたのは、心からの言葉だった。

「………でも、あんたが本物のハデスさまでも、チビたちが本物のケルベロスでも、もうどうでもいいや」

楽しかったのも、幸せだったのも本当だ。ハデスに恋をしたのも、本当だ。だから、彼らの真実の姿がなんでもあっても、かまわない。

ハデスのマントの裾にとりすがり、陽太は涙ながらに哀願した。

「………頼むよ、ハデス。あんたならできるっていうんなら、生き返らしてくれよ。かーちゃん、死んじまったら、……俺、独りぼっちなんだよ。……いや、一人になっても、頑張って生きてくけども。でも、かーちゃん、あんまりにも可哀相すぎんじゃん。……まだ四十ちょいなのにさ、苦労ばっかかで、なんにも楽しめねぇで死んじゃうんじゃ、……こんな馬鹿なことで死んじゃうんじゃ……あんまり可哀相すぎるじゃん」

また、後頭部をパシッと叩かれた。叩く手は、パシッ、パシッ、と続く。

「なぃ、てぇちま、な!」

「よたも、いく!」

「かちゃ、たちゅけ、め、かぃ、いく!」

チビたちに言われて、驚いてハデスを振り返る。

「……お、俺も……なんかできんのか? 俺も、冥界に入れんのか?」

ハデスは答えてくれた。

「人を連れ戻すには、その者をもっとも愛している人間が必要だ。母御をもっとも愛しているのは、陽太、そなただろう」

「もちろんだ!」

母を床にそっと横たえ、ハデスは立ち上がった。

「ならば、来よ。これより冥界へと渡る」

「え? どこから? どうやって渡るんだ?」

「時はかけられぬ。ゆえに、今、この場にて道を作る」

いったいなにを言ってるんだ? だってここ、アパートの一室だぞ? と驚く陽太の眼前、ハデスはおもむろに手を差し出した。

掌を前に向けているような恰好だ。

そして、虚空に向かって声を放ったのだ。

「我、ハデスが命ずる。――冥界への道よ、開け」

静かな声だった。

だが荘厳な、まさしく冥界の王の声だった。

(冥界への道を作るって、……なにが起こるっていうんだよ……?)

信じられない気持ちはまだ強かったが、陽太は息を詰めて見守っていた。


それは――凄まじい光景だった。

まず空中に、ゴマ粒ほどの黒い点がひとつ現れた。

ゴマ粒は見る間に大きくなり、渦を巻き、黒い空間となり、やがて一メートルくらいの穴となった。

アパートの襖の前に、黒々とした穴ができている。

現実に起きていることとは思えない。映画かアニメの世界にでも迷い込んでしまったようだった。

しかし感情が麻痺してしまっているのだろう。陽太は膝で這い、急いでその黒い穴を覗き込んでいた。

「……なんか、……陽炎が立ってるみたいに見えにくいし、……むこう側、すげえ暗いぞ……？」

それでも目が慣れてくるにつれ、景色が見えてきた。

そこに広がっているのは、大小さまざまなごつごつとした岩、地面もまた石だらけの、じつに荒涼とした光景だった。

「岩とか、石ころだらけの場所が見えるけど……」

「人が冥界へと向かう際、最初に通る場所だ」

「じゃ、じゃあ、かーちゃんもあそこにいんのかっ？」

「ああ。いるはずだ」

陽太は慌てて身を乗り出し、穴のむこうを凝視した。

景色の中で、なにかが蠢いている。

「あ、あっち、誰かが歩いてる！　あっちもだ！　……あっちも、あっちも、すげえいっぱい、人が歩いてる！」

どこかへ向かっているのか、足元の石に足を取られながらも、人々はヨロヨロと歩を進めている。

一生懸命目を凝らして見ていた陽太は、がっくりと肩を落とした。

「……でも、かーちゃん、いねえよ。みんな違う。かーちゃんじゃねえ」

するとハデスはふたたび掌を向け、命令を放った。

「ならば、母御の魂は今どこか」

え？　なんだ？　と思っているあいだに、穴のむこうの景色が動いた。

あいかわらず岩だらけの荒涼とした風景だが、場所が違う。

（なんだろ？　ハデス、なにやってんだろ？　……もしかしたら、あっちこっちの場所をサーチしてるとか、そんな感じのことやってんのかな？）

一生懸命探してくれているのはわかるから、陽太は息を詰め、成り行きを見守った。

なのに。どれだけ場所を変えて探しても、母は見つからないのだ。

歩いている人はたくさんいても、母の姿はない。

いいかげん焦れて、陽太はハデスに尋ねた。

「なあ！　ほんとにかーちゃん、冥界に行ってんのか？　まだ死んでたいして時間経ってねぇし、途中のどっかで動けねえってこと、ねーのか？　かーちゃん、身体弱いから、そんなに早く歩けねーはずだぞ？」

こちらを見ずにハデスは答えた。

「無論、本来ならばまだ冥界の入口あたりに居るはずだ。だが、進みようは、人界での身体の頑健(がんけん)さではないのだ。肉体の軛(くびき)を離れ、魂となれば、身の不自由な者でも瞬時に万里を飛べる。これだけ捜してもいないとなれば、母御はひどく道を急いだのであろう。あちらに心より逢いたい者がおるのやもしれぬ」

陽太は声が出なかった。意味はすぐ理解できた。

(……とーちゃん、だ。……とーちゃんと、あと、じいちゃん、ばあちゃん)

逢いたいのは当然だ。母は夫と死に別れ、二十年間ずっと一人で息子を育ててきた。自分が死んだとわかったら、すぐにでも飛んで逢いに行きたいはずだ。

涙が滲んできた。情けない泣き言が口から洩れた。

「……でも、……こっちには、俺だって、いるじゃん。……俺と離れてもいいのかよ? 俺、まだかーちゃんと別れたくねーのに……」

わがままかもしれないが、自分だけ置いて行かれるのはイヤだ。自分だけ、一人で生きていくなんて無理だ。

ふいに、動いていた景色が止まった。

ハデスが低く言った。

「このあたりに母御の気配があるようだ」

「えっ？　ほんとかっ？」

覗き込んで見ると、そこは今までとはあきらかに違う光景だった。

川が見えた。その前の河原に、ずらっと人々が並んでいた。

男も女もいた。老人も若い人もいた。肌の色、髪の色、服装もさまざまだ。

みな、うつむくように立ちすくんでいる。ところどころに黒い服の男がいて、誰かが行列からはずれないか、きちんと並んでいるか監視しているようだった。

「……あそこ、……なんなんだ……？　人がいっぱい並んでるけど……？」

「アケロン川だ。母御は、すでに川のほとりに居るようだ」

瞬時に意味を察し、陽太は叫んでいた。

「そ、それって、……もしかして、日本で言う、三途（さんず）の川といっしょのやつか？　渡し守（もり）がいて、舟に乗ってむこう岸に渡っちまったら、もう死者だ、っていう……」

「ああ」

「だったら、早く止めなきゃ！　かーちゃん、ほんとに死んじまうじゃねえか！」

ハデスはうなずき、また掌を前に出した。

一メートルくらいだった穴は、ずんっ、と大きくなり、二メートルくらいになった。

ハデスはチラリとこちらを一瞥し、力強く告げた。

「行くぞ。覚悟はよいか」

ごくりと唾を飲み込み、陽太も立ち上がった。

「うん。大丈夫。行ける」

「ならば、我のあとにつづけ」

黒々と口を開ける穴に向かって、ハデスは歩を進める。

脚が震えた。だが、陽太もすぐにつづいた。

自分が助けに行かなくては。

母を呼び戻せるのは、自分だけなのだから。

7

心臓が痛いほど脈打っている。

穴に脚を踏み入れる際には、かなりの空気抵抗があった。

まるで、目に見えないビニールの膜かなにかが張ってあって、それに邪魔されて、ぽよんっと跳ね返されているようだ。

(うわ。なんだこれっ？　ぜんぜん前に進めねーじゃん！)

もちろん、生きている人間の世界と、死人の世界を隔てる境目だ。簡単に抜けられるわきゃあねーよな。気合い入れるっきゃねーよな、と自分に発破をかけ、一歩一歩足を踏みしめながら懸命に前進する。

あるところで、突然、抵抗感が消えた。

水から顔を出したように、ぷはぁ、と大きく息を吸い込んで、——陽太はきょろきょろとあたりを見回した。

そこはもう、アパートの一室ではなかった。

あの石ころだらけの川のほとりだった。

振り返ると、穴のむこうに、さっきまでいた部屋が見える。

（……うわぁ。俺、ほんとに、きたんだ……）

ここが冥界かぁ。ハデスとチビたちの生きてきた世界かぁ。

と、……感慨に耽っている暇はなかった。陽太がグズグズしているうちに、ハデスはもう川のほとりまで進んでいたからだ。

そこへ唐突に、

「……ハデスさま！」

驚いたような声が耳に飛び込んできた。

「ハデスさま、どちらへおいででしたかっ!?」

「我々、大変心配し、御身をお探しいたしておりました！」

「誰か！　すぐミノスさま方にご連絡を！」

あちこちから黒服の男たちがハデスに駆け寄ってくる。

思わず立ち止まった陽太に、あとから追いかけてきたチビたちが、はぁはぁ息を切らせながら説明してくれた。

「ハデツたま、め、かぃ、の、いちぁん、えぁい、かみたま」

「いにゃぃ、あーだ、みぃな、ハデツたま、ちゃがちてた、はじゅ」

「ちゅごい、ちゅごい、ちゃがちてた、はじゅ」

確かに取り囲んでいる者たちは、みんな安堵の表情を浮かべていた。

そして全員が恭しくハデスに向かって頭を下げている。跪いている者さえいる。

陽太はふてくされぎみにつぶやいた。

「……なんだよ。ぜんぜん大丈夫じゃねーじゃん。やっぱ、ハデスがいなくなったら、こっちの世界、困るんじゃん。みんな心配して捜し回るんじゃん」

それなのにハデスは、空知家のことを心配して、一週間も人界にいてくれた。バイトなんてものまでしてくれた。

反省と後悔と申し訳なさで、胃がキリキリと痛む。

(……知らなかった。……俺、ハデスの気持ちに甘えて、ものすげぇずうずうしいことさせてたんだな)

ふいに、コンビニ帰りの、ハデスの言動を思い出してしまった。

あの時のハデスは、深く思い悩んでいる様子だった。

いっしょにいられなくなるようなことを苦しそうな顔で語っていた。

陽太は声に出して呟いていた。

「……そっか。俺とハデスは本当に生きてる世界が違うんだな。立場もぜんぜん違うんだな」

冥界の人々の態度を見て、やっと理解できた。ハデスは人々に傅かれる偉い神さまで、自分はただの、人間の小僧だ。

そうしたら、ペチッ、とふとももの裏になにかがあたった。

それは、ペチッペチッペチッペチッペチッとつづく。

チビたちが叩いているのだとわかり、苦笑まじりで振り返る。

予想どおりチビたちはきつい目で陽太を睨んでいた。

「よた、めっ！」

「ハデツたま、うたあったぁ、めっ！」

「ハデツたま、うちょ、ちゅかな。ハデツたま、よた、ちゅき！」

「……うん、……まあ、……それは疑ってねえよ。俺だってハデスのことすげえ好きだし」

「だ、ったぁ、いまぁ、かちゃ、ちゃがちゅ！」

「ぐじゅぐじゅ、ちてたぁ、めっ！」

「じ、ぁん、なっ！　かちゃ、ほんちょ、ちんだう！」

ハデスはまわりの黒服の男たちを手でいなし、陽太に向かって合図するように人の列を指差した。

伝えようとしている内容はわかった。『我はうまく配下の者を言いくるめるから、こちらを気にせず、そなたは急いで母御を捜せ』だ。

「うん、わかった」

今は感傷に浸っている場合ではない。

ハデスがわざわざ道を作って冥界に渡らせてくれたのだ。こっちも頑張って母を見つけなければ！

近くで見ると、川はたいして幅のないものだった。

むこう岸が肉眼で見えるほどだから、百メートルぐらいしかないだろう。

もっと広く大きな川を想像していたから、少々愕然（がくぜん）とした。

（……思ったより、むこう岸って近いんだ……。すぐそばなんじゃん……）

陽太は駆け出した。

母がむこう岸に渡ってしまう前に、なんとしてでも引き留めなければ！

延々とつづく人の列を、一人一人の顔を覗き込みながら追い越して行く。

なのに、いつまで経っても母は見つからない。

（いないっ？　この人も違う。この人も、この人もだ）

焦るあまり錯乱状態になった陽太は、髪を掻き毟りながら叫んだ。

「なんでだよっ？　かーちゃん、まだ魂の緒ってのが切れてねぇはずなのに、……なんでいねえんだよっ？　どこ行っちまったんだよっ？」

いっしょに駆けていたチビたちが、お互いに顔を見合わせ、うなずき合った。

「よた！　おぇぁ、いにゅ、ぃ、なぅ！」

「いにゅ、はにゃ、きく！」

「おぇぁ、いにゅぃ、な、て、かちゃ、ちゃがちゅ！」

チビたちは言うが早いか、ぽんっ！　と変身した。

仔犬姿になった三匹は、陽太を先導するように、きゃんきゃん吠えながら前を走る。

もこもこの黒い尻が、シッポをぱふぱふさせて駆けて行くさまは、ひじょうに愛らしくて微笑ましかったが、なにせ走っている場所が場所だし、事情が事情だ。

萌えている暇もなく、陽太もあとを追った。

人の列は、百メートル、二百メートルといった距離ではなく、何キロもつづいているようだった。肌の色、髪の色、年齢もさまざまだ。もちろん年老いた人が多かったが、若い人、子供などもけっこう混ざっていた。

全員が、文句を言うでもなく、ぼんやりとした無表情で列に並んでいる。

死んだばかりの人は、みんなそんなふうなのかもしれない。

走って走って、顔を覗き込んで覗き込んで、……それでも母は見つからない。

陽太はやけくそ気味に叫んだ。

「なんでこんなに人がいるんだよっ?」

犬になったチビたちが答えられないのをわかっていながら愚痴を吐いてしまう。

「そんで、なんでかーちゃん、列の後ろのほうにいねーんだよっ? まだ死んだばっかじゃねぇか!」

さっきのハデスの言葉を思い出した。

たぶん本当に、この列の順番は世界中で死んだ人、その順番どおりではないのだ。一刻も早く『あちら側』へ逝きたい、その想いの強さ順なのだ。

走りながらまた泣けてきそうになったが、拳で目をこすり、必死で涙をこらえた。

「かーちゃんが早くとーちゃんたちに逢いたいのはわかるけど。俺に一言もなしに逝っちまうのは、ひでぇと思うぞ!」

そこで、先を駆けていたチビたちが、きゃんきゃんきゃんきゃん! と吠えながら戻ってきた。

陽太を見上げると、すぐに踵を返し、ついて来いとばかりにふたたび走り出す。

「見つけたのかっ？」

慌てて後について行くと、――いた！　見覚えのある後ろ姿、見覚えのある母の服だ。

陽太は声を張り上げて叫んだ。

「かーちゃんっ！」

母は、驚いたように振り返った。

「……え？　陽太……？」

陽太は飛びつくようにして、母の手を引っぱった。

「なにやってんだよっ!?　そんなとこに並んでんじゃねーよっ！　そこ、死者の列だぞ！　早く抜けろよ！」

母は困惑ぎみに返してくる。

「でも、……母さん、死んだんでしょう……？」

「まだだよ！　死んでねえよ！　まだ、魂の緒が切れてねーとか、ハデスが言ってた。今ならまだ生き返れるって、だから俺、追いかけてきたんじゃねぇか！」

「……そうなの……？」

「そうなんだよ！　だから帰るんだよっ」

陽太が懸命に手を引っ張っているというのに、母はいっこうに動こうとはしない。

「なんでだよ……？　なんで列から離れねーんだよ……？」

そこで気づいた。母の様子が変だ。

目がうつろなのだ。

母は手をゆっくりと上げ、川を指差した。

「でもね陽太、……お父さんが、むこう岸にいるの」

陽太も弾かれたように川のむこうに目をやった。

そして、ぎょっとした。

(父さんっ!?)

確かに、写真で見たことのある男性が、にこやかに笑って手招きしている。

母はフラフラと歩を進めた。

「ほら。お父さんも呼んでるから……それに、おじいちゃんも、おばあちゃんも、……あ、昔亡くなったお友達もいるわ。だから、行かせて」

陽太は半狂乱で叫んだ。

「行かせて、じゃねぇんだよ！　あっち行ったら、死んじまうんだぞっ？」

「でも、お父さんがいるの」

「いたって、駄目なんだよっ。かーちゃん、死にてぇのかよっ？　……そんなことねーだろ？　まだ生きてたいだろ？」

　いくら言っても、母はこちらを見ない。陽太の声はまったく耳に届いていない様子で、ずっとむこう岸ばかりを見ている。

　母は微笑みながら、父に小さく手を振っている。

　幸せそうに。本当に、嬉しそうに……。

　指から力が抜けた。

　絶望に打ちひしがれて、陽太は母から手を放していた。

　やがて、むこう岸から一隻の舟がやってきた。

　舟にはおじいさんの船頭が乗っていた。

　櫂(かい)を操って上手にこちらの岸に着けると、さあ次の人間、乗れ、とばかりに顎を上げて促す。

　母は列の先頭ではなかった。なのに、先に並んでいる人たちが道を開け、順番を譲って、母を先に行かせようとしている。

　陽太は悄然(しょうぜん)と母が歩を進めるのを見つめていた。絶望感が全身を凍り付かせてしまったようで、指一本動かない。

（……そっか。かーちゃん、……そんなにむこうに逝きてぇんだ……）

陽太はがっくりと肩を落とした。

俺が引き留めても無駄なんだ。

今まで苦労ばかりかけてきた。きっと自分がいなければ、すぐにでも父のもとに向かいたかったのに、今まで頑張って生きてくれていたんだ。

だったら、引き留めてしまうほうが酷なのではないか。俺一人が泣いて、我慢すればいいのではないか。

そう思ったら、もう動けなくなっていたのだ。

そこへ、――きゃんっきゃんっきゃんっ！

激しい鳴き声が響いた。陽太は我に返った。

チビたちが、母の服の裾を噛んで、引き留めようとしていた。

母はぼんやりと足元を見やる。

「……あら、わんちゃんたち……」

わんこ姿のチビたちは、母のスカートの裾を噛み、うーうー唸りながら短い手足を踏ん張って、必死に後ずさろうとする。

チビたちの頑張りで少しだけ希望が湧いてきた。

「ニコ、プン、ベソ。もしかして……あれ、本物のとーちゃんたちじゃねぇのか……？ただの幻なのか……？」

そうだと言わんばかりに、三匹は視線をよこす。

「おまえらも、かーちゃん、今逝かせちゃ駄目だって思ってるんだな？」

母の服の裾を噛みながらも、チビたちはうなずく。

陽太はすがるように母に言った。

「ほ、ほら！　チビたちも止めてんじゃねえか。かーちゃん、逝っちゃ駄目だよ！　まだ逝く時期じゃねぇんだ！　とーちゃんに会いたいかもしんねぇけど……」

それでも寂しげに微笑み、母は舟に乗り込もうとしている。

もうどうしようもない、と悟ったのか、チビたちは顔を見合わせ、決意を漲らせて、一回うなずいた。

ぼんっ！

そしてチビたちは、またまた変身したのだ。本来の姿に。

まわりで、けたたましい悲鳴が上がった。

「うわぁぁぁぁ――――っ！」

「きゃぁぁぁぁぁ――――っ！　助けて、誰かぁぁぁ――――っ！」

「どうして、ケルベロスがアケロン川のほとりにいるんだっ!?」

突然現れた巨大な三つ頭の犬を見て、列に並んでいた人たちは恐怖に顔を引き攣らせ、我先にと逃げ出す。

蜘蛛の子を散らすような状態で、一気に列はバラバラになった。

ケルベロスになったチビたちは、身を屈め、母の服を噛んだ。そのままズルズルうしろに引っ張り、力づくで舟から遠ざけようとする。

「……待って！　お願い、やめて！　大きな犬さん、やめて！」

母は抗おうとするが、ケルベロスの力にはかなわない。

「あなたたち、ニコちゃんたちでしょう？　…ね、そうでしょう？　うちで変身した時と同じ姿だもの。だったら、お願い、言うこときいて？　行かせて！」

その時だった。

ざわざわざわっとあたりが騒がしくなり、深く威厳のある声が響いたのだ。

「カロン。そこな女人を舟に乗せてはならぬ」

　空気が一瞬で張り詰めた。

　陽太が半泣きで振り返ると、部下らしき人たちを従えたハデスは、厳かに告げた。

「そこな女人は、いまだ魂の緒が切れてはおらぬ。冥界の王である我の裁量で、人の世に戻す。――ミノス、ラダマンテュス、アイアコス、異論はないな？」

　一人ずつの名前を呼んで、わざと念を押したようだ。

　その人たち、――三人ともおじさん、おじいさんに見えたが、よほどハデスが怖いのか、深々と頭を下げる。

「無論でございます」

「我々に異論などあるはずもございません」

「ハデスさまは冥界でもっとも高貴なお方でございますれば、御心のままに」

　答える返事も、堅苦しく慇懃だ。

　船頭もまた怯えたような表情で頭を下げた。

「……は、はい。ハデスさまの御裁量でございましたら、私は仰せに従います」

　そうして船頭は、そそくさと次の人間を急かして舟に乗せ、さっさと漕ぎ出してしまった。ハデスに怒られたらかなわない、といった様子で。

　残された母は、唖然とした表情で岸に立ちすくんでいる。

そんな母に向かい、ハデスは優しく声をかけた。

「母御」

母はびっくりしたようにハデスを見つめた。

「許せ。不本意かもしれぬが、母御の本来の寿命が尽きるのはまだ先なのだ。今は人界に戻り、陽太とともに平穏な日々を楽しまれよ」

ハデスは微笑み、つづけた。

「そなたが供してくれた食事は大層美味であったぞ。改めて礼を言う」

母はようやく声が出せたようだ。

「………ねえ陽太、……この人、ハデスさん、よね……？」

しどろもどろになりながら、陽太は応えた。

「う、うん、……まあ、……そうだな」

「ここ、三途の川でしょう？」

「……うん。日本では、そう言うな」

少し考えて、母は尋ねてきた。

「ハデスさん、ここで一番偉い人だって、みなさんおっしゃってたわ。……だったら、閻魔さまなの……？」

陽太は思わずハデスのほうを見てしまった。

「そういう、言い方で、いいのかな?」

ハデスは重々しくうなずいた。

「うむ。国ごとに様々な呼ばれようをしておるようだが、我は我である」

「そっか。……閻魔さまでもいいのか……」

急におかしくなってきた。

いったい自分たちはなにをやっているのだろう。

(これ、ほんとに現実か? 俺、ほんとに、かーちゃん追いかけて、死後の世界なんかにきてるわけ? そんで、閻魔さまと話してるわけ? じつは眠ってて、変な夢でも見てんじゃねぇのか?)

すぐにハデスが応えた。

「……夢、ではないのだ、陽太。これが真実の我、そして、そこにおるのが真実のケルベロスだ」

陽太はケルベロス姿のチビたちを見上げた。

至近距離で見ると、やはりデカい。顔もいかつい。……というより、凶暴と凶悪とおぞましさのエッセンスをぎゅっと固めたような、凄まじい生き物だ。

（……だけどなぁ）

そもそもはこちらが真実の姿なのだろうが、最初に『わんこ姿』と『犬耳犬しっぽのチビ姿』を見ているので、どうにも実感が湧かないのだ。チビたちが幻術とかで大きくなっているようにしか思えない。

ケルベロス姿のチビたちは、心なしか悲しそうな表情に見えた。

「……そっか。おまえら、かーちゃんを助けるために、変身してくれたんだもんな。郷田の時もそうだったし、ありがとな」

手招きしてやる。

「こいよ。ニコ、プン、ベソ。……それとも、きちんと『ケルベロス』って呼んだほうがいいのか？」

そう声をかけても、困惑している様子で動かない。

「なんだよ？　よくやった、って、頭撫でてほしいんだろ？　だったら、しゃがまねーと、撫でらんねーだろ？　今のおめえら、馬鹿デケエんだからよ」

何度も手招きすると、ようやくおずおずと膝を折り、三つの頭を差し出してきた。

まわりからは、うわぁ～、とか、ひぇぇぇ～、とかいう恐怖に引き攣った悲鳴が上がったが、かまわず手を伸ばした。

触ってみると、ざらざらした硬い岩のような肌だった。ふわふわもこもこの仔犬の毛並みとも、すべすべもちもちの幼児の肌触りとも大違いだった。

「馬鹿っ、おまえ、恐ろしくないのかっ？」

「近寄るな！　ケルベロスに喰い殺されるぞっ！」

人々が叫んでいる。陽太は、きつく怒鳴り返した。

「んなわけねーだろ！　こいつら、そんな凶暴なヤツらじゃねぇよ。ひでぇことばっか言うんじゃねーよ！」

陽太には、ケルベロス姿になっても三人の区別がついた。

「よしよし。わんこ姿も、チビ姿も可愛いけど、今のおめえらも、……まあ、よく見りゃあ、愛嬌(あいきょう)あんじゃん。この頑丈そうな肌も、……これでいろいろ頑張ってきたんだもんな？　こういう姿だから、きちんと役目が果たせるんだもんな。偉かったな。——そんで、かーちゃん守ってくれて、ほんとにありがとな。まず、ニコ」

撫でようとしたが、頭だけでも陽太の身長くらいある。背伸びして、なんとか撫でた。

すると、ニコはぼろぼろ大粒の涙を零したのだ。

ニコの気持ちが痛かった。だから、わざといつもどおりの言い方で言った。

「ほら、泣かねえでいいから。——次は、プン。頭こっちに寄せな」

プンも首を寄せてきたので、撫でてやる。プンもぼろぼろと泣き出した。

「最後は、ベソだ」

ベソは撫でる前から泣いていた。

三匹の零す涙で、足元がびちゃびちゃの池みたいになっていく。

「みんなありがとな。助かったよ。おめえらのおかげで、かーちゃん、死なずにすむんだからな」

部下たちは騒然としていた。

誰かが恐る恐るといった様子で、ハデスに尋ねている。

「……ハデスさま。……あの者は、何者でございますか」

「おぞましき冥界の門番ケルベロスを恐れぬとは……」

「それに、あの者には、頭一つ一つの区別がついておるようでございますが……」

答えるハデスの声が聞こえた。

「その者は、我の……」

一瞬、言い淀んだあと、ハデスは、陽太に視線をよこした。

強い迷いが見て取れた。

(うん。恋人だなんて、言えねぇよな)

あたりまえだ。わかってる。

陽太は、ハデスが読みやすいように、しっかりと心の中で思った。

(俺、あんたがそんなに偉い人だったなんて、知らなかったよ。でも、今のまわりの様子を見て、初めてわかった。あんたと俺、生きてる場所がほんとに違ったんだな。……だから、……ありがとう。ちょっとのあいだだったけど、あんたといっしょにいられて、幸せだったよ。好きだって言ってくれて、ありがとう)

ハデスの表情が変わった。

怒ったのか。あきらめたのか。

だが、ハデスは静かに言ったのだ。

「そこな者は、我の、愛する者である」

「……えっ!?」

陽太は仰天したが、お付きの人たちはもっと驚いた様子だった。

「……ご、御寵愛(ごちょうあい)なさっているという意味でございますか？　配下の者として……？」

ハデスはきっぱりと言い切った。

「いや。愛しておる者だ」

よほど驚きだったのか、ざわめきの声はさざ波のように広がっていった。

8

ハデスと陽太は、しばらく見つめ合っていた。

感情がぐるぐると渦巻いていて、言葉にならない。

（…………おい、……いいのかよ？　そんなこと言っちまって……？　あんたの立ち場上、まずいんじゃねぇか？）

「我は嘘はつけぬ」

（だからって……）

ハデスは小さく嘆息した。

「話はあとだ、陽太。――まずは母御を人界へと戻そう。このままここに居らぬほうがよい」

そう言うと、母のほうに視線をやり、静かに告げた。

「母御、此度（こたび）のことは忘れよ」

次の瞬間！

あっという間に母の姿は消えた。

「……え？　え？　かーちゃん、どこにいったんだ……？」

陽太があたりを見回していると、ハデスは答える。

「肉体へと戻した」

「肉体っていうと、俺んちの、倒れてた、あの身体へか？」

「さよう」

「なら、もうかーちゃん、生き返ったってことか？　さっきの、あの穴みたいなの、通んなくてもいいのか？」

「母御は魂と魄が離れた状態ゆえ、我が命じればすぐさま人界へと戻れる。今頃は、生身の肉体に戻り、意識を取り戻しているはずだ」

ほーっと、安堵の溜息が洩れた。一気に脱力してしまった。

「…………そっか。……そっか、……かーちゃん、無事に生き返ったんだ。よかった。……ほんと、よかった」

これでまた今までどおり、母といっしょに暮らせるのだ。ハデスとチビたちには感謝しかない。

一息ついている陽太の前で、ハデスは固い表情のままだった。

陽太のほうは、自然に作り笑いを浮かべていた。せめて強がりを言いたかった。

「そっか。俺たち、これでお別れってことなんだな？　かーちゃんを元に戻したってことは、そういうことなんだろ？　俺も、今みたいに、ビュン、って感じで、元の身体に戻されるわけ？」

「いや。今の陽太は、我と同様、肉の身を纏って冥界へと入った。ゆえに、ふたたび通り道を作らねばならぬ」

そのあたりで陽太は、まわりからの突き刺さるような視線に気づいた。

まわりの黒服たちは、敵意丸出しの、唸るような声で咎めてくる。

「こやつ……先ほどから黙って聞いておれば……」

「気高き冥界の王ハデスさまに、なんという無礼な口のきき方を……」

肩をすくめたくなった。そりゃそうだよな。この人たちにとっちゃあ、大事な自分たちの王さまに、俺みたいな人間のガキがタメ口きいてたら、ふざけんな、って思うよな、……と、謝ろうとした矢先。ハデスが厳しい口調で言い返した。

「無礼はそなたらだ。この者は、我の愛する者と言うたであろう。そなたらこそ、己の立場をわきまえ、即刻下がりおれ」

部下たちが震え上がったのが、見てわかるほどだった。

みな深々と一礼すると、怯えるようにその場から立ち去った。


まわりから人がいなくなったあと、またハデスと見つめ合ってしまった。

どちらも無言だった。

なにを言っていいのか、なにを言えばいいのか。

喉の奥が塞がってしまったようだった。息が苦しくて、つらい。

しばらくして、……陽太はなんとか軽い口調を作って尋ねてみた。

「……すぐに帰んなきゃいけねーの、俺？」

「いや」

「じゃ、さっきかーちゃんにやったみたいな、忘れろ、っての、俺はまだやられなくていいわけ？　ちょっと、話くらいはできるわけ？」

「ああ」

ハデスは歩み寄り、陽太の肩に手を置いた。

そのとたん！

あたりの景色は一変していた。

「え？　え？　ここ、どこ？」

二人は広大な野原のような場所に立っていたからだ。

ハデスは吐き捨てるように答える。

「アスポデロスの野だ」

おいおい。いちいち驚いてちゃあ心臓もたねぇけど、まじで、急な場所移動はびっくりすんぞ？　動く前に、ひとこと言えよ。……と内心でハデスにつっこみつつ、やはりきょろきょろとまわりを見回す。

おずおずと陽太は尋ねた。

「……ええっと、……なにここ？　すげえ広い野っぱらみたいだけど？　そんで、あちこちに、なんか、ふよふよ変な影みたいのが漂ってるけど……？　暗くてあんましよく見えねーけどさ……」

「あやつらは、人の成れの果てだ」

ぎょっとすると、ハデスは付け加えた。

「人は死後、生前の行いによってエリュシオーン、……そなたらの言葉では天国、楽園と説明すればよいのやもしれぬが、その場所に行くか、タルタロスという地獄に行くか決められる。だが、アスポデロスの野を彷徨っておるのは、どちらにも行かなかった者たちだ」

「行かなかったって、どういうわけで?」

「人界に未練があって、我らが決めた道を進みたがらぬのだ」

「そっか。行先を決められても、大事な人とかがまだ生きてたら、見守っていたいって思うもんな。しょうがねぇよな」

話を終わらせたくなくて、陽太は思いつくまま質問していた。

「そんで、……えっと、ハデス、……閻魔さまは、やっぱ日本でいう、罪人に裁きを下すって仕事、してるわけ? 昔話みたいなの、そのままに?」

「そうだな。死者の裁きは大概ミノスらが行うのだが、あやつらでも裁けぬ場合のみ、我が執り行う。その者の生前の行いを厳密に読めるのは、我だけなのだ。――そして、我らに関しては、どこの世、どこの国でも、さほど変わらぬ話が伝わっておるようだ」

「あんたは、昔っから人の心が読めんの?」

「いや。職務に必要ゆえ、自然と備わった神力だ」

「……そっか。あんた、頑張り屋だから、能力強めちゃったんだな。……きついな。だから、穢れなんか見慣れなきゃいけなくなったんだもんな」

「ああ」

「で、――ここが暗いのは、夜だから?」

「……いや。いつもだ」

「季節とか、ねぇの？　今、寒いけど、あったかくなる時とかは？」

「ない。常に暗く、寒い。もっと地の底には灼熱の場もあるが、ここはいつもこのような有様だ」

ハデスの口調は苦々しかった。

陽太は、いっしょうけんめい頭の中で情報を整理してみた。

（そっか。冥界って、あの世なんだもんな。暗くて寒いのはあたりまえか）

そんで、ハデスやチビたちは、いつもこんなところにいるってわけだ。

肩に置かれていたハデスの手がかすかに震えた。

「――そうだ。ここが我とケルベロスのいる場所だ。常に、おらねばならぬ場所だ」

ハデスが歩き出したので、肩に手を置かれている陽太もつられて歩を進めた。

歩いていると、足元になにかがサワサワあたる。さきほどまでいた石だらけの河原とは違い、草が生えているようだ。

よく見ると、ところどころに花なども咲いているようだが、すべて「ようだ」としか言えない。とにかく、夕暮れか早朝のように薄暗いからだ。

ハデスは無言のまま歩を進める。

ずいぶん歩いた時、薄ぼんやりと建造物のようなものが見えてきた。

「なぁ。なんか、あっちのほう、建ってるけど？」

「我の館だ」

「え？　あんたの住んでる家ってわけ？」

「そうだ」

近づくにつれ、全貌が見えてきた。

こんな時なのに、陽太は興奮してしまった。

「すげえ、すげえ！　かっけーっ！　なに、あれっ!?　館ってレベルじゃねーじゃん！」

お城？　宮殿？　王宮？

もちろん日本風の建築物ではない。海外など行ったことのない陽太でもわかる。

(古代ギリシャとか、あっち風の建築だよな？)

飾りの彫られた太い石柱がたくさん立っている。

二階建てとか三階建てとかじゃなくて、一応一階だけみたいだけど、すげえデカい建造物だな。足場をかけるにしても、足場職人の仕事じゃなくて、鳶職の仕事だよな。高さいったい何メートルあるんだ？　……な～んて、とっさに目測してしまって、自分で小さく吹いた。

（なに考えてんだ俺？　神さまの家なんだから、すげえのなんかあたりまえじゃん）

　するとハデスは陽太の肩から手を離した。

「………そうか。そなたは、そのようなことを考えるのだな」

　わ、まず！　読まれてた！　と焦って言い訳した。

「だ、だってさ。職業病ってやつ？　建物があったら、すぐ頭ん中で計算しちまうんだよ。これに足場かけるとしたら、鉛管何本必要かな？　とか」

「いや。揶揄（やゆ）しているのではない。感動しておるだけだ」

　陽太は、ふうっと息を吐いた。

「……前から訊きたかったけどさ。あんた、なんでそんなにいっつも感動するわけ？」

「そなたの思考が、他の者とはあまりに違うからだ。あまりに素直で清らかだからだ」

「他の者って、……じゃあ、この館を見て、ほかの人はどういうこと考えるわけ？」

「館の価値や、我の所有しておる宝物の価値、さらには、如何（いか）にして我を籠絡（ろうらく）し、宝物（ほうもつ）を略奪（りゃくだつ）するか」

　ゲッとなった。

「……うわ。そりゃ確かに読んじまったらキツいわ。あんたに同情する」

入口の前までくると、そこでも大騒ぎになった。

警備兵らしき者たちが数名いたのだが、ハデスの顔を見るなり、取り乱したようなワタワタぶりで扉を開け、

「お帰りなさいませ、ハデスさまっ！」

「我々、お留守の間もきちんと警備いたしておりました！」

さらには、館の中に向かって大声で告げる。

「みなの者、なにをしているっ？　ハデスさまがお戻りだっ！」

「大急ぎで仕度をお整えしろ！」

薄暗くてよくわからないが、あちこちにけっこうな数の使用人がいるようだ。

「……は、はい、かしこまりました！」

「ただいま、すぐに！」

応える声には女性のものも混じっていた。みんな、大慌てでバタバタと立ち働いている。

陽太は首をかしげてしまった。

（……なんだよ、あの、わざとらしいくらいの慌てぶり？　……ハデスってそんなに怖がられてんのか？　さっきの人たちも、だけど、みんな、ハデスを怒らせたら殺される、みたいな、とんでもねえ怯えっぷりじゃゃん）

「ああ。そなたの感じているままだ。みなの我に対する態度は、常にああだ。心中はさらに酷い。我に対する恐怖しかない」

大きく嘆息してしまった。

「俺、わけわかんねえ。あんたもチビたちも、ちっとも怖くなんかねーのに、……なんでみんな、化け物に対するみたいな態度なの？　あんた、ここの王さまなのにさ、……傷つくじゃん。あんな露骨にワタワタされたらさ～」

「みたいな、ではないのだ。彼らの目には、我らは真実の化け物として映っているのだ。声もおぞましく疎ましきものとして、耳に届いておる」

うっげぇ！　と、本気で声に出していた。

「みんな、目ん玉ついてねーんじゃねぇの？　それか、暗すぎてよく見えてねぇとか？……耳も、だよ。あんたの声って、めたくそイイ声じゃん！　俺、初めてあんた見て、あんたの声を聞いた時、全身に鳥肌立つくらい、かっこいいって思ったぞ？　……あ、今も、だけど……」

それには答えず、館に入ったハデスはさらに歩を進めた。

長い廊下を歩き、大きな扉の前に立つ。

そこでも、使用人が真っ青な顔で扉を開ける。暗くても恐怖で引き攣った表情が見て取れるほどだ。

ギギギギーッと軋む大扉が開けられると、——ハデスはつかつかと進み、壁面の最奥まで行く。

数段高い位置まで階段を昇り、くるりとこちらを向いて椅子に座った。

そこでハデスは、一回、顎を上げた。

傲慢にも見えるその動きだけで、やはり使用人たちは逃げるように大広間から逃げ出して行った。

ハデスはなにも言わない。

こい、とも、くるな、とも。

だから階段の下まで行き、陽太は一生懸命笑い顔を作った。

「すげえ。見るからに王さまの椅子だな。……玉座（ぎょくざ）っていうんだっけ？　やっぱ、そういうとこに座ってるほうが、似合うな。自動販売機や、貧乏アパートの一室にはまったく似合ってなかったもんな」

ハデスは無言だ。

「なぁ。なんでわざわざ、そんなとこ座ったわけ？」

嫌味な訊き方になってしまった。

だって、尋ねるまでもなく、意味はわかっていたからだ。自分とおまえとは立場が違うのだと、陽太に理解させようとしているのだ。

陽太はふてくされ気味に思った。

(そんなことしなくていいのに。もうとっくにわかってんのに)

ハデスは唇を噛み締めたまま、まだ無言だ。

しかたないから、肩で大きく溜息をついて、あたりを見回してみた。

大広間だ。細密な彫刻が施された太い柱が何本も立ち、床は、なんの石だか、つるつるしている。ものすごく丁寧に磨き上げられているようだ。

ヨーロッパの、どこかのお城みたいな豪華な内装だった。

だが、暗い。

暗くて、空気までじめじめと湿っていて、心を病んでしまいそうなほど、寒々しい。

壁には何本か蝋燭(ろうそく)が灯されているが、それぞれ一メートル程度をオレンジ色に照らしているだけで、大広間全体は悪夢の中のようだ。

外の河原も野原も暗かったが、まだ外気があったので、ここまで陰鬱(いんうつ)ではなかった。

(玉座があるってことは、ハデスって、ここでいろんな人と会ったりするのかな?)

偉い王さまなんだもんな。閻魔さまなんだから、……いったい、どれくらい長いあいだ、そういう仕事やってんのかな？

「そうだ。ここは謁見の間だ」

反射的に睨みつけてしまった。

「――へえ。ようやく口きいてくれたと思ったら、そんな返事かよ。俺のこと拒絶してんのかと思ったぜ？」

ハデスは眉を顰めている。

拒絶したいんじゃない。苦しがってるんだ。

陽太もわかってはいるが、胸の中のもやもやが消えない。

ハデスは寂し気な笑みを浮かべた。

「よいのだ。そなたが信じておらぬのはわかっていた」

「だってこんなこと、……信じろってぇのが無理な話だろ？　俺、ただの人間だぜ？」

「それでもかまわぬと思うておった。いずれは真実を告げねばならぬとわかっておったが、……ほんのひとときであっても、そなたと触れ合っていたかった。そなたの愛らしい笑顔を見ていたかった」

ハデスはまた、寂し気に笑った。

「そなたは、我が初めて恋をした相手なのだ。……許してくれ」

陽太は反射的に言い返していた。

「腹立つな！　いちいちムカつくこと言うなよ！　なんで許さなきゃなんねーんだよ！　俺だって、あんたに恋をした。誰かに許してもらうような問題じゃねぇだろ！」

ハデスの瞳が揺れている。動揺しているようだった。

ハデスは、陽太と同様、ゆっくりとあたりを見回した。

「昏かろう？　ここが我の居る場所だ。どこもかしこも、昏く、冷え冷えと寂しい。慣れておるつもりであったが、……人界の明るさ、暖かさを知ったあとでは、……あまりに、虚しい」

「そうだな。暗いな」

「ああ」

「暗いし、寒いし。……えっとさ、初めて来た俺が言うのもなんなんだけどさ、明かりとか、もうちょっと立派なのつければいいじゃん。蝋燭とかって、マジ古くせえよ。ここ、電気とか、通ってねぇの？　電気使うのが駄目なら、せめてオイルランプとかさ。そしたらもっと明るくなんだろ？　……寒いのもさ、暖房器具とか、付けらんねぇの？　そしたら、ちっとは住みやすくなんじゃね？　室内装飾とか、すげえ手がこんでんのわかるけど、生活空間って点では、マイナスポイント多いよな」

するとハデスは不思議な笑い方をした。

「そなたの発する言葉は、まるで美しい音楽だ。我の聴いたことのない、妙なる調べを聴いている心地となる」

陽太は眉を顰めてしまった。

「なにそれ。俺、普通のこと言ってるだけじゃん」

「普通ではないのだ。我の住みやすさ、心地良さなど、今まで誰も考える者はいなかったのだ」

イヤ〜な気分になってしまった。

だから、諭すような口調で言ってやった。

「あんたさ〜。いっくら偉い神さまで、王さまでも、人にやってもらうことばっか考えてねぇで、自分で、や・ん・の！　自分で改善、す・ん・の！　自分の幸せは、自分の手でしか掴めねぇんだぞ？」

ハデスは泣き笑いのような顔になって、首を振った。

それから手で顔を覆い、呻き声のような声でつぶやいた。

「………もっと早く、そなたに逢いたかった」

「いいじゃん。逢えたんだから」

「我は、幸せなど求めてはいけない存在なのだと思い込んできた」

「なんでそんなこと思ってたんだよ？」

「わからぬ。あまりに長い間、このような暮らしであったのだ。……古のティタン族との戦いに勝利して以来、我はこの冥界を統治せねばならなくなった。……だが、死したティタン族はこの冥界で永劫の囚人となり、苦痛と恨みに満ちた声で、我を罵り続けるのだ。地上へ戻りたがる人間の魂も、王である我を憎み、怨嗟の声をぶつけてくる。我は常に人々の呪いの声を聞きつづけねばならなかった。ゆえに、……我は、幸せなど、望んではいけないのだと」

　本気で腹が立ってきた。

「だって、戦争だったんだろ？　戦ったの、あんた一人じゃねぇんだろ？　だったら、恨むのはおかど違いじゃん。敵が恨むなら、全員を恨むべきだし、……あんたは押し付けられて牢屋の看守みてぇなの？　そういうの、やらされてるだけじゃん。チビたちも言ってたみてぇに、クソ真面目だから、逃げることもしねーで、自分が楽しむこともしねーでさ、……人の言いなりにばっかなってんじゃねぇよ。もうちょい、好き勝手にしろよ」

　ハッとしたように手を顔から離し、ハデスは虚を衝かれたような表情で陽太を見つめている。

「ってか、いいかげん、自分を許してやれよ。あんたは頑張れるだけ頑張ったんだろ？　もうずっとずっと、長いこと苦しんできたんなら、……もういいじゃん。楽になったって」

たぶん、ハデスは泣いている。

涙は零れていないが、瞳が潤んでいる。

（ハデスって、泣いたことすらねーんだろうな）

いつも我慢ばっか。いつも唇を噛み締めて、苦虫を噛み潰したような顔で、自分の想いをこらえてきた。ずっとずっとずっと…………。

陽太はおずおずと尋ねてみた。

「……なあ。俺、もうちょっとそばに寄ってもいいか……？」

「ああ」

階段を一歩ずつ昇ると、ハデスは手で自分の胸を押さえた。

強い感情に翻弄（ほんろう）されているのだろうと思った。

懺悔（ざんげ）でもするように、ハデスは語り出した。

「――我は醜い。ケルベロスたちとて同様。我らの真（まこと）の姿を見て、みなが畏（おそ）れ慄（おのの）く。先ほどのみなの様子を見たであろう？　あれが我らに向けられる視線だ。我らの知っている顔は、恐怖と怯え、媚び、諂（へつら）い、……あさましく、醜いものばかりだ」

一瞬で怒りが沸騰点に達した。

飛びつくように間を詰めると、がしっと両手でハデスの顔を挟み込み、

「あのなぁ！　あんたの、この顔の、どこが醜いってんだよ！　ケルベロスたちだって、そうだよ！　俺、あんたみてぇに綺麗な人、見たことねーし、チビたちみてーに可愛い奴、見たことねーよっ！　本物のケルベロスになったって、……あれはあれで、……キモカワ？　コワカワ？　とか、思ったぜ？　あの姿でなきゃ、門番できなかったんだろ？　だったら、コスプレでバトルスーツ着てるみてぇなもんじゃん。そう思やぁ、かっこいいじゃん」

よほど驚いたのか、ハデスは目を見開いて陽太を見ている。

「なんだよ？　俺、嘘つかねぇんだろ？　あんた、そういうの、わかんだろ？　俺、自分の気持ち、そのまま言ってんだろ？」

ハデスはまだ目を見開いている。

「ゆえに、驚いておる。まさか…………我の真実の姿を見て、嫌悪を示さぬ者がおったとは……」

「あたりまえだろっ。……ってか、真実の姿っていっても、べつに、むこうでいた時と、姿形が変わったわけじゃねーじゃん。座ってるとこと、まわりの様子が違うだけじゃん。

あんたは、最初からあんただよ」

茫然とハデスは続ける。

「ケルベロスの真実の姿を見てなお、可愛いと言う者がおったとは……」

「可愛いじゃねぇかよ。素直だし、性格いいし。あんな忠実な番犬、いねーじゃん。最強じゃん。だからあんたも、長年飼ってんだろ？　……悪く言うなよ。褒めてやれよ。あいつら、めちゃめちゃ甘ったれで、寂しがりやなんだから」

「——ああ。そなたに言われて初めて気づいた。我は他者を労うことすら忘れていた。……そなたは我に、様々なことを教えてくれる」

陽太はぶっきらぼうに同意した。

「ああ、そうだな。そうしたほうがいいぜ？　……あ、あと、さっきまわりにいた人たち、あんたの部下だろ？　あんたがいねえあいだ、あの人たちが仕事やってくれてたんだろ？　だったら、あの人たちも、きちんと褒めてやれよ？　上から目線で、脅すようなことばっか言うんじゃねぇぞ？」

「ミノスらか？　常に我の下で働いておるが、——確かに褒めたことなどこれまで一度もなかったな。そなたの言うとおりにしよう」

「それから、今さっき言ったみてぇに、ここ、もうちょっと住みやすくしろよ。慣れてたって、暗くて寒いんだろ？　人界と往復できんなら、ストーブとかだって簡単に持ち込めるわけだろ？　だったら、今、あったかい暖房器具とかいろいろ出てるからさ、……電気とかガスとか通ってなくても、灯油とか、カセットガスボンベで使えるやつ、売ってるからさ。そういうの、買ってこいよ。んで、着るもんも、軽くてあったかいもの、いっぱい出てるからさ。……ちゃんと着な？　俺、あんたが寒くてつらい思いしてんの、すげえヤだからさ。——そんで、……そこんとこも、お付きの人たち、責めんなよ？　みんな、昔の人なんだろ？　だったら、最新のものとか知らなくて当然なんだから、……悪気があったわけじゃねぇと思うぞ？　あんま、卑屈に考えんじゃねぇぞ？　わざと意地悪してたんじゃねえんだから、……なんなら、お付きの人たち用にも、あったかいもの買ってやってもいいしな。少し優しく接してやんな？」

潤んだ目のまま、ハデスはうなずく。

「……ああ。……ああ、そうだな。すべてそなたの言うとおりにしよう」

「あんたとチビたちの性格のよさを知ったらさ、みんなだんだん普通の反応するようになんじゃね？　……あれ、ぜったい、妄想入ってっからさ。怖い怖いって思い込んでるから、変なふうに見えてるだけだよ。だって、あんた、すげえかっこいいし、チビたち、すげえ可愛いもん」

「………わかった。怯えさせぬよう、できるだけ穏やかに接しよう」

少し笑いが出た。

（ほんと、素直だな。なに言っても怒らねぇもんな）

どうしよう。偉い神さまだってわかっても、本当に冥界の王さまだってわかっても、恋心が消えない。それどころか、どんどん強くなっているみたいだ。

込み上げる想いに、狼狽した。

（今、まわりに人はいねぇし、……考えてみればこれって、恋人の自宅に招かれたってことじゃね？　自宅とかいう規模じゃねぇけど、……間違ってはいねぇよな？）

ふいに湧いてきた想いに困惑したが、ハデスの様子も変だ。

陽太の唇ばかりを見ているような気がする。

陽太はもじもじと質問を口にしてみた。

「……えっと……。もしかして、さ……今、俺とキスしたい、とか、……思ってる…？」

ハデスは自嘲的に唇の端を上げた。

「ああ」

「じゃ、じゃあさ……」

俺も、あんたとキスしたがってるのも、わかる……？

試しに心の中でそう尋ねてみると、――ハデスは、怯えたように尋ねてきた。

「かまわぬのか？」

恥ずかしくて、怒ったような口調になってしまった。

「かまわねぇんじゃなくて、……したいの！　勝手に心を読めよ、そのくらい！　俺、いつでも言葉に裏なんかねーから、いつ読まれてもかまわねえよっ」

ハデスが自分からは動けないのをわかっていたから、そっと手と手を触れ合わせた。

ハデスの手は小刻みに震えていた。そして、氷のように冷たかった。

温めてやりたいという想いが、胸の奥から込み上げてくる。

「なんでこんなに冷えてんの？　……寒さだけじゃねぇよな？　緊張してんの？　なんか怖がってる？」

「ああ。怖がっておる」

「なにを」

「そなたに拒まれることを。そなたの心の中に、我に対する嫌悪が湧いてくることを」

へへ、と笑いが出た。

「どうだよ？　心、読めよ？　嫌悪なんか、一ミリも湧いてねぇだろ？」

「……ああ」

「すげえ好き、すげえ好き、って、……そういう気持ちしか、ねぇだろ？」

「ああ。信じられぬが、……そのとおりだ」

もう我慢できなかった。陽太は自分からハデスに抱きつき、キスしていた。

唇は手よりももっと冷たかった。

（氷の像に抱きついてるみてぇ）

それはハデスの心の冷えだと思った。

何百年？　何千年？　いったいどれくらい前から、凍りついていたのだろう。

だが、氷の像はおずおずと動き、陽太を抱きしめた。

角度を変えてキスしていると、ハデスの唇に火が点り、陽太を抱きしめる腕には力がこもった。

ふいに体を持ち上げられた。そのままハデスは自分の膝の上に陽太を抱き上げ、向かい合わせに跨らせ、自分のほうからキスしてきた。

舌をからめ合い、徐々に激しいくちづけになっていく。

言葉などいらなかった。触れ合わせた唇から、ハデスの感情がじかに伝わってきて、その想いの強さもじかに伝わってきた。

（ハデスがずっと怖がってきたのは、自分の正体がバレることだったんだな）

でも、陽太はすべてを知った。

もうお互い、なにも隠し事はない。


キスのあと、互いの体温を確かめ合うように抱き合っていた。

「……なあ、俺、いつまでここにいられんの？」

「あまり長く居らぬほうがよかろう」

「帰れなくなんの？」

「いや。我の力をもってすれば、帰郷は容易い」

「じゃ、なんでだよ」

ハデスは投げ捨てるように答えた。

「我が離れがたくなる」

ムッとして尋ねてしまった。

「じゃ、今すぐ離れたら、俺のこと、綺麗さっぱり忘れられるわけ？」

ようやくハデスは本音を口にしてくれた。

「……いや。無理だ。……そなたを忘れることなど、できようはずもない」

ホッとした。その言葉を聞きたかったのだ。

「俺もだよ。もう遅いんだよ。あんたのこと好きな気持ちは、消えてなくなんねぇの。無理に記憶とか消しても、ぜったい俺、あんたに出逢った瞬間に恋に落ちるから。何度でも、何度でも、ぜったい落ちるから。……あんただってそうだろ？　――だから、離れるのなんか無理。いいかげん、わかれよ」

ハデスは黙って、腕に力をこめた。それが返事だと思った。

陽太は少し気になって、尋ねてみた。

「あのさ、――ここくる時に、あんた、手を前に差し出してさ、ぼわっ、とか、空間に道、開けたじゃん？　ああいうの、どこでもできるわけ？」

「ああ」

「えっと、……じゃあ、冥界での仕事って、忙しい？　普通の仕事は、さっきの部下たちがだいたいやってくれんだろ？　あんたの手を煩わせるほどめんどくせえ死人なんか、そんなに頻繁にこねえんだろ？　あんたは、ここの総監督みたいなもんなんだろ？　……だって、むこうで一週間いたけど、こっち、なんとかなってたじゃん？」

ハデスは泣き笑いのような表情になった。

「なにを考えておる」

ちょっと甘えてしまいたくなった。

「わかるくせに」

「わかるゆえ、…………動揺しておるのだ」

こちらから唇を寄せて、ハデスにくちづけた。

「あんたって、ほんと、顔にも態度にも感情出まくりだよな」

心底驚いたような間があったので、陽太は吹き出してしまった。

「うん。俺には、ちゃんとわかる。たぶん、あんたのことが好きだから、だと思う。チビたちのことも好きだから、顔の判別もできるんだと思う。……俺、すげえだろ？」

「ああ。凄い」

「俺みたいなオススメ品、めったに出ねーぜ？　お買い得品だぜ？」

ハデスはようやく唇をほどいた。

「めったに、どころか、今までも、未来永劫（みらいえいごう）まで、決して現れぬであろう」

「だろ？」

ふふ、と笑い合った。

「なぁ。——俺たち、どうしても離れなきゃなんねーの？　いっしょにいること、できねぇの？　一日、ちょっとだけでもさ。仕事が終わったら、……俺んち、ちょこっとくる、とかさ？　無理かな？　……あ、陽に弱いなら、俺、いい日焼け止めとか、探してきてやるからさ」

歓喜のあまり身を震わせている。そんなことがわかるくらい、ハデスは小さく震えていた。それでも口調はいつもどおりだ。

「そなたが望んでくれるなら」

即答した。

「望んでるよ！　決まってんじゃん！」

「だが、我は冥界の王であるのだぞ？」

ハデスの尋ねる声も、小さく震えていた。

「そんなの知ってるよ。……でも、じゃあ、格が違うから付き合えねぇって、そういう意味か？」

ハデスは、なんとも言えない苦渋の面持ちとなった。

「格？　……確かに、そなたほどの清らかな魂の者と、穢れきった我とでは釣り合わぬな」

「え？　なに？　今の言い方だと、俺のほうが格上で、あんたのほうが格下って、そう言いたいわけ？」

「ああ」

本気で呆れてしまった。

「反対だろ？　あんた、神さまだし、俺、普通の人間じゃん。格なんて言ったら、俺のほうが遥か下、レベル数百個とか数千個くらい下じゃん。――あ、それとも、……さ。普通の人間だと、あっという間に寿命きちゃう、とか？　神さまとは、あんまり長くいっしょにいらんねぇ、とか？」

そこで考えてみる。

「あ、でもさ。確か、ギリシャ神話で、神さまたち、人間と恋してたよな？　俺、内容とか、詳しく覚えてねぇけど、なんかいっしょにいられるような話、なかったっけ？　なんか方法、あったよな？」

ハデスはものすごく複雑な顔をしていた。

「……そなたは、常に最善の策を探ろうとするのだな」

「まあ、そうかもな」

「諦めない。へこたれない。前だけを見つめている」

「だって、好きなんだもん。しょうがねぇじゃん。俺だって、あんたが初恋なんだぜ？両想いだってわかってんのに、離れるなんてイヤじゃん」

ハデスは返事をせずに、ぎゅうぎゅう抱きしめてくる。

いとしくていとしくて、好きで好きでたまらない、って感じで。

抱きしめられた肌から、吐く息から、身体の震えから、ハデスの想いがすべて伝わってくる。

涙が出てくるほど強烈な想いだった。

陽太はハデスを好きだけれども、ハデスの想いはさらに深く、激しい。

これまで積み重ねてきた長さ、苦しさ、つらさ、悲しさが違うのだから、しかたないかもしれないが、……あまりにもせつなくて、悲しくて、だからよけい胸が締め付けられる。いとしさが込み上げてくる。

「ごめんな。人生って、どういうふうになってんのか知んねーけど、……俺も、もっと早くあんたに出会って、そんで、好きって言ってあげたかった。あんたを独りぼっちになんかさせたくなかった」

そこで、気づいた。

ハデスは興奮していた。膝に跨っているから、その部分の変化がわかってしまうのだ。

びくっと身が震えた。

興奮しているのはハデスだけではなかった。陽太もまた激しく勃起していた。

(……やべ、……俺、いつの間にか勃っちまってんじゃん……)

恥ずかしいが、しかたないとも思った。だって、大好きな人の膝の上に抱かれて、キスをしていたのだ。興奮してしまうのは当然だ。

恐る恐るといったふうに、ハデスが訊いてきた。

「……我と、……肌を重ねたい、と……？」

うわ。そう直接言われると恥ずかしいけど、……でも、どうせハデスにはすべてお見通しなんだからいいか、と小さくうなずく。

「………………ここまできてしねえとか、……なくね？」

照れくさくて、そんな誘い文句になってしまう。

もうちょっと色気のあるセリフ出てこないもんなのか俺、と内心呆れたが、……しかたない。自分はまだ二十歳だし、恋の初心者だ。

「………我の褥（しとね）に向かっても、……かまわぬのか……？」

「嫌だって言ったら、……やめる気か？」

ハデスは気弱な笑みを浮かべる。

「ああ」

「俺の心ん中、読めるのに？」

「読めても、無理強いはできぬ」

「なんでだよ？」

「愛しておるからだ。我は、そなたに、傷ひとつつけたくはないのだ。そなたを、一秒であっても、苦しめたくないのだ」

「じゃ、あんたのほうの欲望は……？」

「我は、想いを抑えることに慣れておるゆえ」

思わず嫌味まじりに尋ねてしまった。

「へ～え。慣れてんの？　そうなんだぁ～？」

ようやくハデスは笑ってくれた。

「……いや。正直に言おう。今まで誰に対しても欲望などいだいたことはなかった。ゆえに、慣れてはおらぬ。慣れていると言うたのは、そなたと出逢ってからだ」

意味を解して、胸が痛くなった。

「ずっと我慢してたってわけ？」

「ああ。ずっと欲望を堪えておった」

「いつ頃から？」

「出逢った日の夜から」

ハデスが嘘などつくはずがないから、それは真実なのだろう。

（ごめんな。俺、ガキだからよ。自分が、あんたみたいな大人の、かっこいい人に、そう

いう感情いだいてもらえるなんて、思ってもみなかったんだ）

「我は、……そなたの目に映る我が、信じられなかった。なにかの間違いか、……そなたが狂うておるのだと思った。だが、……何日ともに暮らそうとも、そなたの心の中に、我に対する嫌悪は浮かんでこなかった。それどころか恋情が膨らんでいった。……そなたが我に寄せてくれる感情は、あまりに歓喜を呼び起こすものであった。そなたとともに暮らす日々は、あまりにも、あまりにも、幸福であった」

「昔話みたいに話すなよ。これから先もつづけりゃいいじゃん」

それでもハデスは心を決めかねている様子だ。

陽太は心の中で怒鳴った。

（……え～～っとさ～～。俺、まじで、焦れてきたぞ。嫌いになんかなんねーって一生懸命言ってんのに、いいかげん信じろよな！　あと、あんたとエッチなことして、俺が傷つくことになっても、そんでも、ぜんぜんかまわねえんだよ！　俺はあんたが好きなんだから！　あんたは、無理やりしようとしてんじゃなくて、俺のほうが、してほしいの！　少しくらい苦しいことになっても、それでも、俺はあんたと、エッチしたいの！）

怒鳴るだけ怒鳴ると、陽太はハデスの胸を押し返し、ぴょん、と膝から飛び降りた。

そして手を引っ張った。

「ほら。行くぞ」

「……!?」

「あんたの、ベッド、……連れてってくれよ」

これ以上、恥ずかしいこと言わせんなよ、馬鹿野郎！　と睨みつけてやると、――やっぱりハデスは泣き笑いのような顔でうなずいた。

王座を下りたハデスは、陽太をマントでくるみ込むようにして、歩き出した。

館といっても、大きさは学校よりも広いくらいだ。やはり王宮と呼んだほうがよさそうだった。

廊下は長かった。

途中、使用人っぽい人や、女官らしき人が何人もいたが、みんなハデスを認めると、すごい速さでサササッと逃げてしまうか、それが間に合わなかったら廊下の壁面まで後ずさりして、身を縮こまらせるようにして膝をついた。

女官たちも、ハデスを怒らせたら嬲(なぶ)り殺しにされる、とか、本気で思い込んでるみたいな表情だった。

なんだよ、その態度!?　やられるほうは傷つくぞっ？　と、ムカムカはしたが、それよりも胸のドキドキのほうが勝った。

（……俺、いよいよハデスとエッチすんのかぁ）

冷たく硬い石作りの床を歩いているはずなのに、足元がふわふわする。反対に、心臓のほうはバクバク大騒ぎしている。

ひとつの扉を開け、ハデスは陽太を中にいざなった。

中には大きいベッドがひとつと、机、椅子だけ。

ハデスらしいと言えばハデスらしいが、シンプルで無機質な部屋だった。

（ここも暗いなぁ。……でも、ま、初エッチすんの、あんまり明るいとこだと恥ずかしいから、いっか）

ベッドのそばまで連れて行くと、ハデスは陽太の肩を押し、そっと座らせた。

そこで陽太は、ようやく自分の恰好に気づいた。

「え？　もしかして俺、作業着じゃんっ⁉」

それも、けっこう汚れている。

そういえば帰宅すぐの事件だったから着替える間もなかったことを思い出した。

（うわ。色気ねえ。……ハデス、こんなんでも興奮してくれんのか？）

するとハデスは、喉の奥で笑った。

「なにを着ておっても、そなたの美しさは変わらぬ。そしてその服はそなたが労務にあたる際に着用するものである。我には天界の織物よりも輝いて見える」

「……あいかわらず口うめぇな」

「我は嘘がつけぬゆえ、許せ」

「許すとか許さねぇじゃなくて、……うん、嬉しいよ。ありがと。あんたのしゃべり方、俺、すげえ好き。あんたに言ってもらうことも、全部、すげえ、すげえ、好き」

「我も、だ。そなたの語り口を、我は大層好ましく思うておる。そなたに言われる言葉、ひとつひとつが、我にとっては極上の宝玉よりも得難く、価値のあるものである」

互いの褒め合いのようになってしまったことに気づき、照れ隠しに二人、少し笑い合った。

ベッドの横に腰を下ろし、ハデスは陽太の作業着に手をかけた。

「……初めての夜に見たそなたの姿が、瞼に焼き付いて離れなかった」

「俺もだよ」

「ふたたび目にすることができようとは」

そんなことを言いながら、陽太の作業着を脱がせようとしているが、ハデスの指はずっと小刻みに震えていて、ボタンひとつもはずすことができない。

ハデスの興奮が嬉しかった。

こんなにも、こんなにも、望んでくれてたんだ。

一週間前に知り合ったなんて信じられない。もう何百年も何千年も前に知り合って、ずっと想い合っていたような気さえする。

「いいよ。大丈夫。俺、自分で脱げるから。あんたも、脱いで？」

そうは言っても、陽太の指もうまく動かない。

（……なんか笑える。興奮しすぎると、手ってほんとに震えるんだな）

「ああ。そのようだ」

「でも、そんだけ好きってことだもんな？」

「……ああ」

ようやく服を脱ぎ終わり、ベッドに横になった。そして固く抱きしめ合う。

どちらも気持ちが昂りすぎていて、脱いだ服はそのままベッド下に投げ捨ててしまった。

ハデスは感極まったように言葉を吐く。

「……温かいな、そなたの肌は」

「あんたも、……抱き合うと、ほんと、あったけえや」

「我が抱きしめると、そなたの心に火が灯る。喜びの輝きだ」

「だって、すげえ嬉しいもん」

すげえ嬉しくて、すげえドキドキするもん。

いっぱい心を読んでほしい。この嬉しさは、ぜったい言葉になんかできないから。

「我の今の喜びがわかるか？　……どれほど、……どれほど、そなたの肌に触れたいと思うておったか。この肌に触れ……」

言いながらハデスは陽太の首筋に唇を落としてきた。

キスされただけで、全身にビリビリと甘狂おしい電流が走る。

「この肌にくちづけし、舌を這わせたいと、……望んではいけないと己を叱咤しつつも、……どれほど願ったことか……」

熱い唇と熱い言葉で、どうにかなってしまいそうだった。

「…………してる、じゃん、……今」

「ああ」

「もっと、もっと、……これからいっぱい、すればいいじゃん」

「……ああ」

ハデスの激しい喜びが伝わってくる。

陽太のことが可愛くて可愛くて、好きで好きでたまらない。そんな触れ方、キスの仕方で、ハデスはあちこちにキスを落としてくる。

それが乳首に落ちた際、全身が跳ね上がるような感覚が走った。

「そうか。ここは心地よいのだな?」

「……ん。……そうみてえ。自分でもびっくりしてる」

すぐに濡れた感触があった。

「うわぁっ」

舐められているのだ。甘狂おしいビリビリは、もっと強烈にきた。

(すっげ。乳首ってマジ感じるんだ)

ハデスは、次々に小さなキスを落としていく。

「……うっ、んん」

首筋も、肩も、腕も、ハデスがキスしてくれる場所すべてが、初めての感覚を呼び起こす。全身がびくんびくんと跳ね上がるほど気持ちがいい。

息が上がり始めた陽太は、感じているままを口にした。

「……なんか、あちこちビリビリする。あんたにキスされたとこ、全部が熱くて、……気持ちいい。腕とか腹とか、今まで自分で普通にさわってた場所とかも、あんたにキスされると、全然違う。全身に、火ぃつけられてるみてえ。……すげえ、怖い。あんた、なんか神さまの力、使ってる？」

「いや、なにも。……だが、我にもそなたの喜びと快感が伝わってくる。我は、………

大層、大層、感動しておる」

唇は、徐々に下腹部へと向かっている。

へそのあたりで、少し怯えたようにハデスはキスを止めた。

気持ちを察して、陽太は先を促した。

「大丈夫だって。なにされても、俺はあんたのことが大好きだから」

「だが……」

「俺も、ほんとは怖いよ。普通に肌にキスされただけでめちゃめちゃ感じてんのに、エッチなとこにまでキスとかされたら、……それから、……ほんとにエッチしちゃったら、俺、気が狂っちゃうほど感じちまうかもしんねぇけど……」

いいよな？　全部、あんたへの気持ちだから。

全部読んで、俺の気持ちよさ、感じて？


本気で言ったつもりだった。

しかし、大きく脚を広げられ、勃起したペニスに軽くキスされただけで、陽太はもう後悔を始めていた。

「うわぁっ」

強烈な気持ちよさに襲われてしまったからだ。自分でこするのとは大違いだ。百倍も千倍も強い。

ペニスも、先走りを滴らせて、はしたないくらいビクビク跳ねている。

「我のくちづけで、そなたの性器はうち震えておるな。甘い蜜も溢れ始めている」

「嬉しそうに説明すんなよ！　わかってんだろっ？　もっと……」

ハデスは肩で息をしていた。

「そなたの強い感情が、伝わってくる。我の愛撫(あいぶ)で、そなたは、それほど感じてくれるのだな。……我は、……この想いを言葉にできぬ。喜びで胸が痛い」

言うなり愛撫は激しくなった。

ハデスが本当に恋愛初心者だっていうのがよくわかるほど、武骨でぎこちない愛撫。だからこそ、熱情の強さが伝わってくる。

いろんなところを触られて、キスされている感じがする。だが、よくわからない。眼前に霞(かすみ)がかかったようで、よく見えない。全身が『気持ちいい』だけに支配されてしまったようだ。

「……ん……っ……ぅ……」

唇を噛みしめて喘ぎ声を洩らさないようにしても、無駄だった。

混乱しつつも、腰がもじもじ動いてしまう。全身が疼いて、次の刺激、次の刺激と待ちわびているようだ。

「……ぁ……んんっ……き、もちぃ……頭、おかしくなる……っ」

ハデスのほうも、堪えがきかないらしい。荒い息で、陽太の身体の隅々まで撫でて、キスして、舌を這わせている。

腰の下に手を入れられた。

ふわり、と腰が持ち上げられたとたん！

（……あ……あそこ、舐められてる……）

ぞわぞわする。

考えるのも恐ろしいが、ハデスはあの場所を直接舐めているらしい。

あの場所とは、もちろん、肛孔だ。

「……やっ……そこは、汚ぇ、からっ……ダメだよ、……だって、あんた、偉い神さまなのに……っ！」

腰をよじって舌の愛撫から逃れようとしたが、それは頭の中だけで、身体のほうは一切動かない。それどころか、もっともっとと望んでいるように、ひくひく蠢いている感じだ。

ふいに強烈な羞恥心に襲われた。

（なんだよ俺？　淫乱ってやつかよ？　初めてなのに、なんでこんなに気持ちいいんだよ？　さっきから、あんあん甘えた声、出しっぱなしじゃん）

ハデスの舌の動きが止まった。

「嫌か？　やめてほしいか？」

「い、や、……な、わけねーだろ！　そうじゃなくて、……あんたは、ヤじゃねえ？　俺、嫌いになってねえ？　……俺、ほんとに初めてなんだからなっ？　ほんとに、こんなことしたの、あんたが初めてなんだぞっ？」

「わかっておる。我も初めてなのだ」

「……うん」

「そなたは己の反応を恥じておるが、我も己を恥じておる。我の愛撫は、大層拙い。……だが、許してほしい。初めての上、そなたへの熱情が抑えきれぬのだ」

「……うん。……うん。どっちも慣れてねぇから、仕方ねえよな」

舌嬲りを止めて、ふたたび陽太の上にのしかかるように体勢を変えたハデスは、瞳を合わせてきた。

ハデスは大きく肩で息をしていた。目つきも興奮の激しさを物語っていた。

きっとこんなハデスを見たのは、自分が世界で初めてだろう。

（いや、それどころか、歴史始まって以来、俺が初めて、だろうな）

「――ああ、そうだ。我の褥での姿など見るのは、そなたが初めてだ。…………どうか、頼むから、恐れないでくれ、陽太」

「うん。あんたも怖がってるもんな」

「ああ。恐れと昂りで、我は気が変になりそうだ」

「でも、すげえ嬉しいんだよな？」

ハデスは恥ずかしそうに笑った。

「そなたの言うとおりだ。筆舌（ひつぜつ）に尽くしがたい喜びである」

そのあと、ハデスはおずおずと尋ねてきた。

「…………よい、か……？」

なにを尋ねているのか、すぐにわかった。

挿れていいか？　と尋ねているのだ。

もう我慢できないのだろう。さっきから灼熱のカタマリのようなものが太ももあたりにあたっていた。

一瞬、風呂場で見たハデスの性器を思い出してしまった。

今はあれがもっと大きくなっている。

本当に大丈夫か？　きちんと受け止められるのか？

心配だったし、怖くもあったが、——かまわない。身体が壊れてしまっても、ハデスと愛し合いたい。ハデスにエッチしてもらいたい。

「うん」

答えたとたん、凄まじい衝撃に襲われた。

「……ふ……ぅっ、くっ、ぅっ……！」

陽太は歯を食い縛って、激痛に耐えた。だが、奥歯を噛み割ってしまうほど噛み締めても、苦悶（くもん）の息が歯の隙間から洩れてしまう。

「……くっ……う、う……っ」

灼熱の棒で、無理やりこじ開けられているようだ。肛孔部分だけではなく、全身が悲鳴を上げている感じだ。

ハデスは、びくっと身を強張らせ、動きを止めた。慌てたように尋ねてくる。

「痛いか？　つらいか？」

思わずハデスの胸を小さく叩いていた。

「痛いよ！　でも、つらいんじゃねえ。嬉しいんだよ！　それくらいわかれ！　中途半端にやめるとかえってきついから、さっさと全部入れちまえ！」

どういう恰好になってるんだろう？　ハデスが上になっていて、あそこから焼けるような感覚があるから、きっと脚を抱え上げられてるんだろうけど……。

「う、わあぁ――――っ！」

唐突に、情けない悲鳴が口をついて出ていた。進んでくる灼熱の棒は、ある瞬間を越えたとたん、ずるんっ、と一気に体内に押し入ってきた。

(で、かっ)

腹を突き破られそうだ。身体じゅうをハデスに侵略されているようだ。

それでも、ようやく全部を収め終わったのがわかって、陽太は大きく息を吐いた。

ハデスも、感極まったように息を吐いた。

「……ああ……。やっと……そなたとひとつになれた」

「……ほ、……んと？　俺、ちゃんとできてる？　大丈夫……？」

陽太は掠れた声で、なんとか訊き返した。

「……ああ、……ああ。そなたは健気（けなげ）にも、我を受け入れてくれておる」

「………そっか。……よかった」

急に、ぽつりぽつりとなにかが頬に落ちてきた。

ハデスは泣いていた。大粒の涙はとめどなく流れて、陽太の頬を濡らした。

「…………我を心から受け入れてくれる相手と、今、我は肌を重ねておる」

「うん」

「交接というのは、斯様に幸福な行為であるのか。愛する者にすべてを受け入れてもらうのは、斯様に歓喜に満ちたことであるのか……」

苦しい息の下だったが、陽太は手を差し伸べて、ハデスの涙を拭ってやった。

「……お、い、……泣くなって。……馬鹿。俺まで泣けてくんだろ？　あんたが感動しいなのはわかってたけどさ」

するとハデスは、驚いたように尋ね返してきたのだ。

「我は今、泣いておるのか？」

「気づいてなかったのか？」

「……そうか。……頬が熱いと思うておったが、……そうか、これが涙というものか。……なんと、強烈に感情を解き放つものであることか。そしてこの身体反応により、我の感動はいや増しておるようだ。……実に、実に、心地の良い反応である。――そなたは、我にあらゆるものを与えてくれるのだな」

「……ばーか。……あらゆるものを与えてくれるっていうんなら、俺にとってもあんたは、そういう存在だよ？　かーちゃん生き返らせてくれたし、いつも守ってくれるし、……今は、こうやって気持ちのいいこと、してくれてるし……」

話しているあいだに、少し慣れてきた。

痛いだけだった箇所が、じ～～んと熱くなっている。

「……も、いいよ？　大丈夫だから、動いて」

「いや、そなたをこれ以上苦しめたくない。そなたと繋がれただけで、我には天に昇るほどの喜びである」

「……な、に、言ってんだよ。……どうせ、なら、もっと気持ちよくなれよ。そんで、俺も気持ちよく、させろよ。……た、たしか、……男同士のエッチって、すんげぇ気持ちいいって話だし……」

「だが……」

「いいから！」

強がり半分だったが、重ねてうながすと、ハデスはようやくゆるゆると腰を前後させ始めた。

（……うっ、わ、……きっつっ……）

もちろん生まれて初めて男性器を受け入れたのだ。陽太はその大きさに喘いでいたが、

──それは突然だった。

ある一点で、痛みのような強烈な感覚が走ったのだ。

「……あ、あれ？　な、……なんか……変、……俺……」

気づいたとたんに、妖(あや)しい快感に目覚めてしまった。

（……え？　なんかまじで、……中、気持ちいいんだけど……？　……なにこれっ？　なにこれっ？　嘘みたいに、ずんってくる場所があるんだけど？）

陽太はパニックを起こしそうになった。

話には聞いていたが、直腸内にここまで感じる場所があるなんて！

ある意味、ペニスへの刺激より凄まじいかもしれない。神経に直接電流を流されているような鮮烈(せんれつ)な快感だ。

「そうか。愛し合っている場所から、そなたはそれほど強い快感を得ておるのだな」

「……し、しみじみ、言うなよ！　恥ずかしいじゃねぇか！」

ハデスは泣きながら笑った。

「怒ったことを言うておっても、……そなたは我をそこまで愛してくれておるのだな」

「わかってんだったら、いちいち言って確かめるなよ！　もっと……」

気持ちいいから、もっと動けよ！　あんたにされてるから、俺、めちゃめちゃ感じてるんだからな！

それ以上を考える暇も、言葉にする暇もなかった。

ぞわわっと一層激しい快感が背筋を駆け昇ったと思った、次の瞬間には、陽太は達してしまっていた。

「あ、あぁぁぁぁ――――っ！」

ペニスが爆発するような、強烈な射精だった。

目が眩(くら)んで、全身の震えも止まらない。快感で蕩(とろ)けてしまいそうだった。

陽太はしばらく、生まれて初めての快感に酔っていた。

気づくと、――腹の中が熱かった。だからハデスもイッてくれたのだとわかった。

二人で目を見合わせたとたん、吹き出していた。

「すげ。俺たち、初心者丸出し」

「ああ。そうだな」

「まじで、早すぎ」

「ああ。本当だ」

「でも、同時とか、……サイコー」

「ああ。我もそう思う」

「えっと、……言わなくてもわかると思うけど、……ありがと。すげえ、気持ちよかった。すげえ嬉しかった」

「……ああ。我も、……いや、我こそ………」

言いかけたハデスは、またしてもぽろぽろ涙を零し始めた。

感動のあまり堪えがきかなくなったようだ。唇を噛み締め、肩を震わせて泣いている。

陽太の胸にも熱いものが込み上げてきた。

(ほんと、……ハデスって、いちいち感動するし、いちいち大喜びするし)

偉い神さまなのに、小さな子供みたいだ。

陽太は素直に今の想いを口にした。

「俺さ、あんたが、なんでもできる神さまだってわかってるけども、……でも、なんかほっとけねぇんだ」

さらにつづける。

「ほっとけねぇ、とか、守ってやりたい、って気持ちもあるけど、反対に、あんたといると、すげえホッとする。すげえ、守られてるって感じがする。こんなこと言ったら、偉そうで、身のほど知らずっぽいけどさ。……俺、あんたのこと、チビたちとおんなじで、馬鹿にしてるわけでもねぇからな？　『可愛い』って思う。……ごめんな、こんな言い方で。でも、悪い意味じゃねぇからな？」

一度身を起こし、結合を解くと、ハデスはふたたび陽太をぎゅっと胸に抱きしめた。

言葉にならないのは陽太もいっしょだから、しばらくハデスが話し出すのを待っていた。

ようやく語り出したハデスの声は、やはり震えていた。

「……………そなたを愛することを、……許してくれるのか……？　我は、……そなたを、未来永劫、愛してもかまわぬのか……？」

「許さねぇって言ったら、……俺のこと、あきらめられんのか？」

挑発的な質問だが、ハデスはきっぱりと言い切った。

「あきらめられるわけがない」

「じゃあ、覚悟決めろよ。俺はもう決めてるから」

それでも、ハデスは尋ねてくる。

「これから先、なにがあるかわからぬのに……？　悠久の時を、神である我とともにありたいと願うのか……？」

「駄目なのかよっ？」

「わからぬ」

呆れてしまった。

嘘がつけないというのは、けっこう面倒くさいものだと思った。

だから諭すように言ってやった。

「あのなぁ。人の心が読めても読めなくても、おんなじなんだよ。喧嘩とかして、腹立ったら、ああもうこんなヤツとやってかれねえ、って思ったり、でもすぐに、後悔したり。そういうの、……でも、生きてるんだから当然だろ？　俺だって、これからあんたに腹立てることもあるかもしんねーけどさ、――でも、そうしたら、読めよ。ずっとずっと、あんたを好きな気持ちだけは変わんねえから。怒ってても、ふてくされても、根っこのほうに、ぜったい大好きって気持ちがあるから。……俺、神さまとか、人間とか、関係ねえと思う。みんな怖いと思うけど、……でも、離れたくないから、ずっといっしょにいたいから、頑張ってるんだと思う」

俺の考え、甘すぎるかな？　と自問していると、ハデスが答えてくれた。

「甘すぎるのではなく、未来を信じている者の言葉だ。そなたの胸には、常に希望の光が宿っている。それは、大層美しく、眩い。……そなたは我に欠けている質をすべてもっている。清らかで、強い生命力の輝きに満ちている」

そのあとの無言の意味を察して、先に言った。

「そんなに自分を卑下(ひげ)しなくていいよ。だってあんた、すげえつらい人生？　神生？　送ってきたんだろ？　あんたが未来を信じられなくなって、誰も信じられなくなって、って、……そういうの、あたりまえじゃん。なんにもおかしくねーじゃん。でも、これからは俺がいるから。俺のことだけは信じてほしいんだ」

ようやくハデスはうなずいた。

「――ああ。そなたの言葉なら、信じよう。我も、……いや、我こそ、そなたとともに生きていきたいのだ」

それがどれほどの想いで発せられた言葉だかわかるから、陽太もハデスの胸の中でうなずくしかなかった。

大丈夫だよ。あんたが言ったとおり、俺たち、奇跡みたいに、お互いの世界を飛び越えて巡り会えた運命の恋人同士なんだから。

ぜったいうまくいくし、もしうまくいかなくても、二人で頑張って乗り越えていけばいいじゃん？

俺たち、こんなに愛し合ってるんだから。

こんなに、お互いがお互いを必要としてるんだから。

9

どれくらいの時間が経ったのだろう。

離れがたくて、お互いの熱が心地よくて、いつまでも抱き合っていた。

それでもいいかげん動かなきゃな、と話し出す。

「なあ、ハデス。ここって、いつも暗いから、昼なんだか夜なんだかわかんねぇけど、

……たぶん、もう一晩くらいは経ってるよな？」

「ああ。たぶん、人界ではそろそろ朝であろうな」

言われて、ハッとした。

「やべ！　なんか俺、初エッチに浮かれてて、むこうのことすっかり忘れてた！　いったんかーちゃんのとこ、戻らなきゃ！　一晩、無断外泊しちゃったし。今日は休みだけど、明日は仕事もあるし」

「そうだな。そなたはあちらの世界ですべきことがあるな」

「あ、かーちゃんの記憶は消したんだろ？　じゃあ、郷田とか、アパートの人たちの記憶は？　それも消せる？」

「無論。我とケルベロスに関わった者たちの記憶は、すでに消去してある」

「さっすが、神さま！　やること早いな。じゃあ、安心して戻れるな」

そこで、——ふと思いついたように、ハデスは手を前に差し出した。

次の瞬間！

なにもない空間から山ほどの紙幣やコイン、金の延べ棒やら金の壺やら、宝石のついたネックレスやら指輪やら宝冠やらが出てきたのだ。どこからか引き寄せているのか、それは次から次へと湧き出て、じゃらじゃら落ちていく。

床には、あっという間に宝の山ができた。

「えっ？　なにっ？　なんだよ、それ？」

日本の紙幣も少し見て取れたが、ほとんどは金塊とかコイン、ネックレス、指輪などの金銀財宝だ。今風ではないデザインの物が多かったから、古今東西の財宝が集められている感じだった。

（うわぁ！　リアルで海賊のお宝見てるみてぇ！）

そっか。ハデスってこっちではお金持ちだって言ってたもんな。まじで映画のワンシーンみてぇじゃん。

「好きなだけ持ってゆけ、陽太。人界で役に立つであろう」

いやいやいや、と顔の前で手を振ってしまった。

「そういうわけにはいかねぇって。あんた、コンビニの店員とかもしてくれたし、服の石もいくつか売って、金渡してくれたし、……あれ以上もらえねぇって」

それでも、その凄まじい光景に興味をそそられて、ベッドを降り、しゃがんでコインを一個手に取ってみる。

「これ、ほんものの金だろ？　今、あっちで、ゴールドって高いんだぜ？　このコインだけで、アパートの一か月ぶんの家賃くらい払えんじゃねぇか？」

すげえなぁと思いつつ、宝の山の上にまたコインを戻すと、ハデスは静かに言った。

「その宝物をいくつか売って、母御を薬師にかからせよ」

「えっ!?」

「こたびは人界へと戻せたが、もともと母御は虚弱な質であるようだ。あのままでは長命は難しい。だが適切な対処さえすれば、一般の者と同等の寿命を得られるであろう」

「そうなのか？　……わかってたけど、やっぱ、そうなんだな」

それでも、はいそうですかと貰えるわけもない。

「でも、……欲しいのは、山々だけどもよう。……これ、どっかの誰かさんが、あんたにお供えしたとか、そういうんだろ？　過去からの、いっぱいの人がさ。俺なんかが貰っていいもんなのか？」

「ならば言い方を変えよう。それは、母御が作ってくれた馳走の対価だ。そなたらは謙遜したが、我とケルベロスにとっては、母御のもてなしは、生まれて初めて味わう極上の美味であったのだ」

「でも、うちにあった食材なんか、安もんばっかだったんだぜ？　作ってくれたかーちゃんには悪いけど、かなり貧乏飯だったじゃん」

ハデスは微笑んで首を振った。

「我は人の心を読める。ケルベロスたちもある程度は察することができる。ゆえに、人の純粋な好意というものが、我らにとってどれほど嬉しいものか、どれほど得難く価値のあるものか」

「うん。それは、……俺もかーちゃんも、あんたらに好意しかねぇからな。気持ち、いっぱいいっぱい込めてあったと思うぞ」

これ以上頑固に固辞するのも失礼だろう。陽太は財宝を受け取ることにした。

「わかった。俺にじゃなくって、かーちゃんに、っていうんなら、納得する。ありがたく、貰うことにする。金は、うまいことバレねぇように、ちょっとずつ渡すよ」

愛し合った場所が熱をもって腫れぼったかったが、もそもそと服を身に着け、ポケットに入れられるだけの金貨や宝石をねじ込む。

帰り支度はできた。それでも立ち去りがたくて立ちすくんでいると、ハデスは優しく言ってくれた。

「案ずるな、陽太。我らも手はずを整え、すぐにそなたの家へと戻る」

「ほんとだな？　ぜったいだぞ？」

「もう離れぬと申したではないか。我は嘘は言わぬ」

「……うん」

「ならば行け」

ハデスは掌を前に出し、ぼわっと、例のあの穴を作り出した。

むこう側には見慣れたアパート内が見えた。人に見られては困る穴だから、いちおう気を使って風呂場の中に繋げてくれたようだ。

行こうとしたのだが、――足がすくんで、どうしても踏み出せない。

（……この穴を通ったら、元の人界なんだな。俺の生きてきた現実なんだ）

必死に不吉な思いを振り払う。

大丈夫。ハデスは嘘をつかない。

ぜったい、またすぐに逢える。

それでも、うしろ髪を引かれて、振り返り、駆け戻ってしまった。

ぎゅっと抱きつき、唇を押し付けた。

「愛してる。ハデス」

「我もだ。愛しておるぞ、陽太」

二人で照れ笑いになってしまった。

好きな人との逢瀬(おうせ)のあとはみんなこうなるものなのだろうが、こんな甘酸っぱい苦しさも、自分たちにとっては初めて味わうものだ。

「信じて、行くしかねぇな」

「ああ」

「早めにきてくれよな？　俺、あんたと長く離れていたくねぇからさ」

「無論、我も同様の気持ちであるゆえ」

そうして――――陽太はふたたび人界へと戻ったのだ。

（うわぁ。ほんとだ。空気がまったく違う！）

冥界と人界はこれほど違うものなのかと驚愕する。風呂場の小窓から差し込んでいるだけの朝日が、目に眩しい。

風呂場のドアをそっと開ける。一晩いなかった息子が急に風呂場から現れたら驚くだろうから、陽太は足音を忍ばせて和室へと向かった。

「……かーちゃん……？」

母はぺったりと畳の上に座り込んでいた。

ぼんやりと視線を宙に止めている。

「かーちゃん……？」

もう一回呼びかけると、ようやく我に返ったようで、ゆっくり首を回して陽太を見た。

「…………ああ、陽太。おかえりなさい」

そろそろと近づいて、様子を見てみる。

「大丈夫、……か……？　身体、なんともねえか……？　……あっと、それで、ごめん。なんにも言わねぇで無断外泊しちまって」

母はまだ焦点の定まらない目で、答えた。

「無断外泊…………そうね。いつの間にか一晩経っていたのね。ぼうっとしてて気づかなかったわ」

「うん、えっと……」

「一晩、誰かといっしょだったの？」

「……うん、……ちょっと」

さすがにハデスと初エッチしてたなんてことは言えないので、もごもご口ごもってると、母は苦笑ぎみに言った。

「いいのよ。陽太もそろそろ好きな人ができてもおかしくない頃だものね。でも、いつかきちんと紹介してね？」

紹介は、……う〜ん、できるかどうかわからないなぁ、あいつ同性だし、神さまだし、……と頭を掻いてしまった。とにかく深く詮索されたら困るので、話を変える。

「ところでかーちゃん。身体の具合いはどうだ？」

「身体？　身体は大丈夫、だと思うんだけど………なんだかおかしいの。母さん、しばらく変な夢を見ていたみたい」

ぎくりとした。

ハデスが記憶を消したはずだが、うまく消えていないのか？

「変な、夢……？　ど、どんな感じの……？」

「ええ。お父さんと、おじいちゃんとおばあちゃんに会ったような気がするのよ。……おかしいわよね？　なんで急にそんな夢を見たのかしら？」

　ホーッと安堵の息を吐いてしまった。

「変な夢じゃねぇじゃん。かーちゃんが逢いたがってたから、みんな出てきてくれただけだろ？」

　母はしばらく考えて、にっこりした。

「そうね。逢いたいわ」

　でも、と付け加えた。

「まだ逢うのは早いわよね。陽太も二十歳になったばかりだし」

「うんうん。そうだよ？　俺、まだガキだからさ、まだまだかーちゃんにそばにいてほしいからな？」

　母はくすくすと笑ってうなずいてくれた。

「そうね。……きちんと生きて、やるべきことをしてからじゃなきゃ、お父さんたちに顔向けできないわね」

　とにかく、母は無事に生き返ったのだから、あとはハデスから貰った金を使って病院にかからせよう。

「もうひとつところで、なんだけど、……かーちゃんさ……」

しかし！　言いかけた陽太を遮るように、母が驚愕の言葉を口走ったのだ。

「でもね。お父さんたちの夢は、よく似たようなものを見ているから不思議じゃないんだけど。……おかしいのよ。私、可愛い坊やたちと過ごしたような記憶があるのよ」

「……えっ……!?」

「それも、三つ子ちゃん！　黒いお耳としっぽが生えててね、本当に無邪気で可愛いのよ！　私の作るご飯を、大喜びでいっぱい食べてくれて。……ほら、陽太ももう二十歳だし、遊ぶこともなくなってたでしょう？　だから母さん、坊やたちといっしょにいるのが楽しくて楽しくて」

「………え、え………!?」

話はあきらかにヤバイ方向に向かっている。

「ね？　すごく細かく覚えているでしょう？　あんまり不思議だから、ゆうべは寝ないで一晩中詳しく思い出してたの。とても素敵で、楽しい夢だったから。そうしたら、夢の中に、陽太の恋人も出てきたの。それが、びっくりすることに、男の人なのよ！　すごくハンサムな！　でも、二人が想い合ってるのがわかって、……母さん、本当に嬉しかったわ。陽太を守ってくれる人ができて、これで、いつお迎えがきても大丈夫ね、って安心したの」

「………い……ぁ……そ、それって……」

なにか言おうとしても、驚きのあまりみっともなく声が裏返ってしまう。

母はさらに驚愕の話を語りつづけた。

「もっとすごいことを思い出したのよ？　陽太の恋人さんは、閻魔さまなの！　坊やたちは、大きな犬さんに変身できるの！　立派な姿で、母さんを守ってくれたの！」

陽太は低く唸った。

そこまで思い出してしまっていては、どうしようもない。

そばにハデスがいないのにもかかわらず、内心で腐してしまった。

（おい、なんだよっ。かーちゃんの記憶、戻ってきちまってんじゃんっ）

その上、ハデスとの恋愛も、みんなの正体も、しっかりバレてんじゃん。

いったいどうすんだよ？　もう一回、記憶を消してもらうしかねーのか？

ぱくぱく口を開け閉めしている陽太の前で、母は苦笑した。

「それで、あんまり現実っぽい夢だったから、……もしかしてって思って、母さん、家の中も調べてみたの。……そうしたら、見たことのないコンビニの値札がついた食料品がいっぱいあったの。……本当に、ありえないでしょう？」

それにはうなずけた。

「……う、……うん。それは、……ありえねぇな」

空知家は長年、激安スーパーでしか買い物をしていないし、万年金欠家庭だから、食料品がいっぱいあるなんてことも、あるはずがないのだ。

「どういうことだと思う、陽太？」

「どういうこと、っていったって……」

（困ったな。本格的にマズイぞ？　証拠品まで残ってるんだし、言い逃れなんかできねーじゃん。どう言いくるめりゃあいいんだよ？）

ぐるぐると考えて込んでいると、丁度間がいいことに、腹がぐーっと鳴った。

そういえば昨日の夕方からなにも食べていなかったのを思い出した。

これ幸いと、陽太は強引に話を変えた。

「えっと！　……あ、あのさ、……かーちゃん、変な夢話はもういいからさ！　俺、腹へっちまったわ。なんか食わしてよ？　……な？　早く飯にしようぜ？」

母はまだ語りたがっている様子だったが、陽太は「腹減った」の連発で、なんとか窮地（きゅうち）を脱した。

翌日は普通に出勤した。

仕事もきちんとこなした。

それでも時間が経つにつれ、やっぱりハデスとチビたちのことは夢だったんじゃないかという思いが湧いてくる。

だって、あまりにも現実離れした話だから。

あまりにもあまりにも、幸せすぎる話だったから……。

だから訝しむ想いが湧いてくるたび、陽太は自分を叱った。

(バカ！　怖がったら駄目だろ？　最初から、男同士だし、神さまとの恋愛だし、問題だらけだったんだから。『俺を信じろ』なんて偉そうなこと言ったんだから、今ここでハデスを信じなかったら、ほんとに俺、クソ野郎だぞ？)

それに、ハデスから渡された財宝もある。

陽太はポケットに手を入れ、つっこんでおいた数枚のコインを触って、確かめる。

うん。これがあるってことは、変な妄想なんかじゃない。

家の食料も、ありえないくらいたくさん残っているんだから、妄想や夢なんかじゃない。

ハデスとチビたちは本当にこっちにいたのだ。

(変な心配すんな。ハデスは、すぐにきてくれるって言ったんだから)

くるのが一週間先か、一か月先か、一年先かわからないけど。我慢して待ってるしかねえじゃねえか。

そう必死に自分に言い聞かせ、陽太は帰宅した。

「かーちゃん、ただいま」

玄関ドアを開けるなり、気づいた。母はコンロ前に立っていた。

「……ああ、陽太」

陽太のほうに視線を流して、ぼんやりと言った。

「……おかしいの。母さん、こんなにお料理作っちゃったのよ。……どうしてかしら？　二人暮らしのはずなのに、どうしても作りたくなっちゃったの。チビちゃんたちや、陽太の恋人さんがいたのは、夢の中のことだってわかっているはずなのに、我慢できなくて……」

見ると、コンロの上では、ぐつぐつと鍋料理が煮立っていた。天ぷらやサラダや煮物なども、コンロ脇のスペースに所せましと置かれていた。

胸がぎゅううっと痛くなった。母の想いが悲しくて、声が出なかった。

だが、陽太だって『何度出逢っても、そのたびにハデスに恋をする』と断言したくらいだ。きっと母も、チビたちのいた日々をどうしても忘れたくなくて、必死にあの一週間の記憶を辿って、同じことを繰り返しているのだろう。

困り果てた陽太は、ガリガリと頭を掻いた。

自分はいったいどうすればいいのか。

ハデスに相談したくても、こちらからはどう連絡を取ればいいのかわからない。

なにか適当なことを言って母を宥めなければ、……と思いつつも、説得できるいい作り話など、とっさに考えつかない。


そのときふいに！

バーンッ！　と、勢いよく風呂場のドアが開いたのだ。

飛び出てきたのは、チビたちだった。

「よた！　かちゃ！」

「おぇぁ、ちた！」

「かちゃの、ごぁん、たぇたぃ！　おぇぁ、ちゅご、はぁへってう！」

力が抜けて、一気にへたり込んでしまった。

（………お、おい、……なんだよ、こいつら〜〜……？）

俺、まじで悩んでたんだぞ？

今だって、かーちゃんになんて言ってやればいいのか、胃がキリキリ痛むほど考え込んでたのに。

なのに、なにをケロッと現れてんだよっ？

喜びのあまり顔が崩れてしまいそうだったが、陽太は照れ隠しに怒鳴っていた。

「お、おまえらっ、昨日の今日で、もうきたのかよっ？　それに、もうちょい自然な登場をしろ！　驚くじゃねぇかよ！」

陽太の罵声など無視して、チビたちは短い足で全力疾走してくる。そのまま、ぶつかるように陽太と母に抱きついてきた。

「よた！　かちゃ！」

「あいたか、た！」

「ちゅごく、ちゅごく、あいたか、た！」

陽太はもちろんガシッと抱き止めてやったが、母もまたベソを抱き止め、しゃがんでぎゅうっと抱きしめた。

「私も会いたかったわ、ベソちゃん！　……ニコちゃんも、プンちゃんも、ほんとに会いたかったわ！」

一瞬後、陽太は天を仰いでいた。

（……マズイ。かーちゃん、チビたちを見て、本格的に思い出しちまったじゃん）

夢の話ならなんとか説得して忘れさせられたかもしれないが、実物を見て、抱きしめてしまったら、もう無理だろう。

と、——またしても浴室ドアが開く音がした。

とくん、と心臓が大きく脈打った。

チビたちが冥界からやってきたということは、もちろん飼い主のハデスもきたということだ。

あんのじょう、暖簾(のれん)を掻き分け、のっそりとハデスが現れた。

とたんに、顔がボッと熱くなった。

エッチなことをしたあとに改めてハデスを見ると、かっこよさがさらに増して見える。

心臓がドキドキうるさい。

それでも、ハデスを睨んで、心中で尋ねる。

(……なあ、チビたちが急に現れるから、かーちゃん、すっかり記憶取り戻しちまってんぞ？　かまわねぇのか？　まだ一晩しか経ってねぇし、……もうちょい時間が経てば、ちゃんと忘れられてたかもしんねぇのにさ……)

ハデスは軽く吹き出した。

「仕方あるまい。ケルベロスたちの、そなたらへの思慕(しぼ)は強烈で、我にも抑えようがなかったのだ。我も同様、そなたらと離れて暮らすことは耐えがたき苦痛であるゆえ、時を待つことなどできなかった」

「そ、そりゃあ、……俺もかーちゃんも、あんたらのことすげえ好きだし、離れて暮らすのは、きついと思ってるけども……」

「我にとっても予想外の事態ではあるが、そなたと母御であれば、不測の事態であっても臨機応変に対応してくれると思うてな。そなたらは常に正しき道を指し示してくれるゆえ、──要するに、我らは気持ちのままに流されることにした」

「なんだよ、それ」

「不服か？」

ブスッと言い返してしまった。

「……不服なわけねーだろ！　反対に、嬉しさのあまり、すげえ脱力してるよ！　……ったくよ～、俺の悩んだ時間、返してくれって感じだぜ！」

母はにこにこ笑って、チビたち一人一人を抱きしめ、頬ずりしている。

「よかったわ。ご飯いっぱい作ってあるわよ？　みんな、今日もたくさん召し上がれ？」

そして、夕飯は今までと変わらない大騒ぎの場となった。

チビたちは早々に食器棚から自分たちの皿とフォークを出してきて、ぺたんと座卓の前に陣取る。

「よた、と、かちゃ、と、みぃな、ぇ、いたぁきまちゅ！」

「おぇぁ、ちゅごく、うぇち！」

「みぃな、ぇ、いたぁきまちゅ、ちゅごく、ちゅごく、うぇち！」

そのあと、よそわれた飯を、がふがふがふがふっと勢いよくかっこむと、我先にと茶碗を差し出す。

「おぃち、かた！　かちゃ、おぁありっ！」

「おぇも、おぃち、かた！　おぁありっ！」

「おぇも、おぇも、ちゅごく、おぃち、かた！　おぁありっ！」

もちろんハデスも負けずに茶碗を差し出す。

「母御。今宵の夕餉も大層美味ゆえ、我もおかわりを所望するぞ」

なんだか涙が出てきてしまいそうだった。

またこんな生活ができるなんて、夢みたいだ。

（……幸せだなぁ）

うん。幸せだ。ほかに言いようがない。

これからも、こんな風景を見られると考えるだけで、嬉しくて本当に涙が出てきた。

ハデスに目をやると、やっぱりわかりやすく、幸せを噛みしめている『じ〜〜〜ん』の顔になっていた。

だから陽太は、ハデスの目を見て、しっかりと告げた。

(大好きだよ、ハデス)

あんたたちと出逢えて、本当によかった。

あの日、俺の前に現れてくれて、本当に、ありがとう。

俺は、——あんたの言う『未来永劫』、あんたのもんだから。

なにがあっても、あんただけを愛しつづけるから。

だから、信じてくれよな。

俺もあんたを信じているから。

ずっと俺たち、いっしょにいような?

ずっとみんなで幸せに暮らそうな?

もちろん、全部しっかり読み取ったのだろう。

ハデスは目を潤ませながら、陽太に向かって何度も何度もうなずいてくれた。

人間の青年に
恋をしてしまったのだが、

我はいったい
どうすればよいのだ？

1

きゃんっ！　きゃんっ！　きゃんっ！

ハデスが執務室で書類を見終わった時だった。聞き慣れた犬たちの鳴き声が廊下に響いた。

（ああ、きたか）

羽根ペンを置き、扉のむこうに声をかける。

「入ってかまわぬぞ」

扉の外で変身したのであろう。入ってきた際には、ケルベロスは人の姿となっていた。駆け寄ってくると、背伸びして机にしがみつき、口々に訴える。

「ハデツたま！」

「おぇぁ、きょ、の、おちごと、おわぃ、まちた！」

「はぁく、よた、と、かちゃ、のとこ、いちたぃ、ぇちゅ！」

苦笑になってしまった。

（陽太たちと知己となってから、こやつらも随分と懐こくなったものよ）

人々を恐怖で支配していた冥界の門番ケルベロスとは、到底信じられぬほどだ。

しかし、これがこやつらの本性であったのだ。

人懐こく、甘えたがりで、愛らしい。

長い時信じてきたものが真実ではなかったことに、陽太は気づかせてくれた。

陽太と恋仲になって、半年ほど。

夢のごとき日々はいまだつづいている。

明日もあさっても、きっとつづく。

陽太がそう言ったのだから、それは真実のはずだ。

帳簿を閉じ、ハデスは立ち上がった。

「我も、本日の職務は終えた。人界では日の落ちぬ刻限ではあろうが、支度をして渡るぞ、ケルベロス」

「あぃ！」

「今日は陽太の休日であったのだ。ゆえに気が急くあまり、仕事の進みも早かったようだ」

「おぇぁも、ぇしゅ！」

「今宵は、我が夕餉を振る舞いたいと言うてある。我は、先日陽太に教わった『野菜炒め』なるものと、『シチュー』なるものを作成する予定である」

ケルベロスたちはにっこりと笑んだ。

「あぃ。ハデツたまの、ちゅくう、ごぁん、おぇぁ、ちゅぉく、ちゅき、ぇちゅ！」

「かちゃのも、よたのも、ちゅき。ぇも、ハデツたまのも、だーちゅき、ぇちゅ！」

「ちゅごく、おぃち。ちゅごく、ちぁわちゃ、ぇちゅ！」

ハデスはうなずく。

「他者に作ってもらう食事は旨いが、己の手で作る食事にはまた違った趣がある。慣れぬ行為であっても、達成感がある。なにより、陽太や母御、そしてそなたらが喜んで食してくれる。その際の幸福は、言葉にはしがたいものだ。陽太と出逢ってから、我は日々新たな喜びを得ている。それは実に感慨深きものばかりである」

「あい！」

「感慨深いと言えば、……我は、人界での、コンビニ業務も、できうることなら再開したいと思うておるのだ。我を必要としてくれた店主殿の想いと、我を疎まなかった客たちの想いに報いたい」

「ハデツたま、おいしょが、ちく、なぁでちゅか？」

「いや、そなたらも感じておろう？　冥界での仕事というは、時の縛りがないゆえに酷く緩慢なものであったのだ。もっとめりはりのある行動をとれば、人界へ渡る時間を捻出できる。我は人界で過ごす時をもっと増やしたいと願うておる」

ケルベロスたちも同様の思いであったのだろう。深くうなずいた。

それにしても、とハデスはつづけた。

「そなたら、よほどその姿が気に入ったのだな」

ケルベロスたちは、エヘと笑い、答えた。

「こぉ、ちゅぁた、ぁと、アパ、ト、はぃぇまちゅ」

「かちゃも、かーぃぃ、ゆ、てくぇ、まちた」

「こぉ、ちゅぁた、よた、かーぃぃ、ゆ、てくぇまちた」

うむ、とうなずいてやる。

「我も愛らしいと思うておるぞ。その姿のそなたらなら、人界に連れてゆける。ゆえに好都合である」

「ぁい！」

「それに、その姿であるならば、拙くとも、そなたらは言葉を発することができる。我もまた、そなたらと語らえることが喜びであるぞ」

「ぁい！」

「実は、我のことも陽太は可愛いと言うのだ。あれは大層心地よい言葉であるな。言われると、夢見心地となる。そなたらの想いはわかるぞ」

「ぁい！」

ケルベロス、……陽太の呼び方を真似れば、『ニコ』と『プン』と『ベソ』であったか——じっくりと見てみれば、確かに顔つきも性格も違うようだ。

そこで思い出した。

（陽太が、もっと他者を褒めろと言うておったな）

今までやったことのない行為ではあるが、陽太が勧めたのだ。それは正しき行為、自分やまわりにとって必要な行為に違いない。

あれこれ言葉を探し、とりあえず思いついたことを口にしてみた。

「今さらではあるが、——そなたらが冥界を脱走してくれたおかげで、我は陽太と出逢えた。母御と知り合えた。コンビニで我を恐れぬ人々とも会えた。そのほか、人界の素晴らしさも数多知ることができた。……まこと、そなたらには、感謝してもしきれぬほどだ」

ぁい、と答えかけたベソが、ふいにポロポロと涙を流し始めた。つられたように、ニコもプンも涙を流す。

その想いは察せられたので、ハデスは微笑んでやった。

この微笑むという表情筋の動きも、今ではだいぶうまく出来るようになった。すべて陽太のおかげだ。

「……そうだな。そなたらにとっても、陽太と母御に出逢えたことは、素晴らしき僥倖（ぎょうこう）であったのだな。……思う存分泣くがよい。我もその想いはよくわかる。……いや、我にしかわからぬであろう」

ハデスは視線を宙に止め、感慨に耽った。

（……あの、アパートという、夢に見たことすらないほどの、幸福の場所……）

暗く荒涼とした冥界で生きてきたハデスたちには、あの場所はあまりにも清らかで、美しかった。

人々から忌み嫌われる、穢らわしく醜いハデスとケルベロスを、陽太と母御は快く受け入れてくれた。

感謝してもしきれぬ想いは、陽太と母御に対しても同様だ。

「だが、この想いは、……感謝などという単純な一言では語り尽くせぬがな」

幾億の、幾兆の言葉を重ねても、彼らに対する想いは言い表せぬだろう。

彼らのことを想うだけで、瞼が熱くなる。

身体中、指の先まで、歓喜に満ちてくる。

彼らに出逢えたことだけで、今まで受けてきた数々の艱難辛苦も、すべて報われたような気がする。

彼らのことを考えただけで、今まで他者や運命を恨み、憎んできた想いも、すべて昇華されていくような気がするのだ。


「では、行くぞ、ケルベロス」

ハデスは、掌を前に出し、空間に人界との道を作った。

実は、あれからあのアパートの一室を借り受けたのだ。

なぜならば、毎回空知家の浴室に道を通して、万が一母御が入浴していたらいけないと考えたからだ。

母御は、陽太の言うところの『天然』とかいう、比較的物事に拘らない性格ではあるようだが、やはり婦人の入浴場面には遭遇するべきではないだろう。

幸いなことに、空知家の隣室の者が『転勤』とやらで、一部屋空きができたのだ。

家主や近隣の者たちには、ハデスとケルベロスの存在を忘却させてあったので、とくに問題もなく借りられた。

神力を使ったわけでもないのに、なにもかもがうまくいっている。

ハデスは神として生きてきたが、神力という点では、陽太のほうがよほど素晴らしい力を有しているように思う。

陽太は、未来など夢見たことのないハデスにも、明るい未来を与えてくれた。

陽太と巡り逢ってから、世界は奇跡に満ちている。


冥界と人界を繋ぐ道を通り、アパートの隣室へと渡る。

ケルベロスたちは早々にドアを開け、空知家のほうに向かって駆け出して行った。

逸(はや)る心が微笑ましかった。

ハデスもまた足早に隣家へと向かった。

すると、空知家のインターホン下で、ベソが言ったのだ。

「……あの、……ハデツたま、きょぁ、おぇ、ピンポ、ぉちて、ぃーぇちゅか……?」

ハデスは微笑んでやった。

ケルベロスたちもまた、他者に甘えるということを学習したらしい。

甘えるという行為は、本人たちも幸せであろうが、甘えられたほうにもまた多大な喜びを齎(もたら)す行為である。

足元に視線をやれば、他の二匹、ニコとベソもうなずきながら視線をよこす。

「そうか。昨日はプン、一昨日はニコが押したのであったな。そなたらは仲がよいのう。きちんとみなが順番を待っておったのだな。……うむ。実に麗しき心根である。ならば此度はそなたが押すがよい。――我は許すぞ」

プンは顔を輝かせて頭を下げた。

「ぁいぁと、ごぁぃまちゅ、ハデツたま！」

「よい。礼などいらぬ。他者にはわからずとも、我にはわかる。このピンポンを押すという行為は、大層胸躍る行為であるゆえな」

ハデスはプンを抱き上げて、押しボタンに手が届くようにしてやった。

プンは小さな手を伸ばし、嬉々としてインターホンを押す。

ピンポ～～～～ン♪

音が鳴るとともに、待ち構えていたかのようにドアは開いた。

「おう！　みんな早かったじゃん！」

いとしい恋人は、恥ずかしそうにハデスを見つめ、すぐにケルベロスたちに視線を移す。

彼の浮かべるささやかな表情だけで、ハデスの心には幸福の火が点る。

自分の愛している者が、自分を待っていてくれる。自分を見つめて、恥ずかしそうな笑みを浮かべてくれる。

これ以上の喜びと幸せがあろうか。

「なんだよ、ハデス？　俺の顔見ただけで感動してんのかよ？」

わざとらしく頬を膨らませて見せる陽太の姿も、またいとおしい。

ハデスはもちろんうなずいた。

「うむ。そのとおりである。我はそなたの顔を見るだけで心から感動するのだ。喜びに胸が打ち震えるのだ」

「ったく。あんたの感動癖も、褒めちぎり癖も、ちっとも治んねーな」

「それは、無理であろうな。我は日々新たな感動をそなたからもらっておるのでな。そして日々新たにそなたの美点を発見しておる。我は嘘がつけぬゆえ、毎日感動し、毎日褒めてしまうのだ」

わかってるけど……ありがと。嬉しい。

照れくさそうに伝えてくる陽太の心も、ハデスの胸を震わせる。

室内に招き入れながら、陽太は尋ねてきた。

「ところで、ハデス。——今日は早いけど、仕事、もう、いいのか？」

「ああ。すべて終わらせてきた」

「俺、あんたの仕事、邪魔してねえ?」

「邪魔どころか、そなたのことを想うと職務がはかどる」

　ケルベロスたちが横から口を出してきた。

「こにょごぉ、ハデツたま、おちょと、ちゅご、はぁい」

「よた、とこ、くぅ、ハデツたま、たのちみ」

「おぇぁも、ちゅご、たのちみ。みぃな、ちぉと、はきゃ、どぅ」

「……そっか。ならいいけど」

　そこへ母御がニコニコと笑んで話しかけてきた。

「ああ、そういえば、少し暖かくなってきたから、今日はアイスを買ってきてあるのよ。みんなのお口に合うかしら?」

　ケルベロスたちはとたんに瞳を輝かせた。

「アイシュ?」

「アイシュ、ぁに?」

「おぃち、もぉ?」

　母御は女神のごとき、……いや、どの女神よりも慈愛に満ちた笑みで、うなずく。

「おいしいわよ? 夕ご飯までまだ間があるから、おやつに食べてみる?」

「んっ！」

母御はいそいそと冷蔵庫へ向かい、盆になにやら紙容器に入ったものを載せてきた。プリンと呼ばれる甘く柔らかき甘味と似た形の容器ではある。しかしもう少々大きめだ。

ハデスは『プリン』が大好物だが、母御の運んできた新たな『アイス』とやらも、非常に美味しそうな気配を漂わせている。

母御は、ケルベロスたちとハデスの前、陽太の前に紙容器とスプーンを一つずつ置いた。

「さあ、召し上がれ」

ケルベロスたちは、おっかなびっくりといった体で紙蓋を開けた。

中に入っていたのは、乳白色のもので、プリンよりは固そうだ。その物体をスプーンでひとさじすくい、口に運んだケルベロスたちは、すぐに歓声を上げた。

「うっまぁぁぁ――――っ！」

「こぇ、あにっ？　あま！　ちゅめた！」

「ちゅご、おいち！　ちゅご、ちゅめた！」

大はしゃぎの姿を見て、母御と陽太は満足そうな笑みを浮かべている。

ケルベロスたちがあまりに旨そうに食しているので、ハデスもスプーンでひとさじすくい、口に運んでみた。ハデスの口からも驚きの声が溢れた。

「おお！　確かに、甘くて冷たい。……氷菓であるのだな。我は初めて食したぞ。乳を固めたものなのか？　舌の上で蕩ける。大層美味な甘露（かんろ）である」

陽太が照れくさそうに言った。

「あんたもチビたちも、なに食っても旨（うま）い旨い言うんだよな。こっちもほんと食わせがいがあるよ」

「我らは真実のみ伝えておる。実際、そなたらが供してくれる食物はすべて、歓喜に震えるほど旨いのだ」

「うん。わかってる。だから俺たちも、すごく嬉しいんだ。自分の作ったもんとか、買ってきたもんとか、あんたらなんでもかんでも褒めてくれるから、ほんとに嬉しいんだよ」

ハデスもうなずいた。

「我もわかるぞ。人の感謝の想いは、暖かな陽光のように心に沁み込む。褒誉（ほうよ）の言葉は、心を浮き立たせ、生きる活力となる」

だけど、買ってきたもんでも、やっぱ味が違うのかな？

陽太の心中の問いを読み、ハデスは答えた。

「違う。物品に触れただけで、その者の想いは宿る。この氷菓には、母御の想いが詰まっておる。母御は、我らを喜ばせようとさまざまな品を手に取り、中からこれを選んでくれた。その感情は非常に尊く、美しいものである」

母御も、恥ずかしそうに笑んだ。

「もちろん、みんなに喜んでもらえるように選んだわ。ハデスさんの言葉は、私もとても嬉しいわ。いつも褒めてくださって、本当にありがとうございます」

アイスという美味な氷菓を食したのち、陽太はチラチラとハデスを見てきた。

そういう際の陽太は、香り高き果実のごとき風情だ。誘惑するような、甘く熟した香りを発している。

陽太は母御におずおずと言った。

「……えっと。……夕飯の時間まで、まだあるから、……ちょっと、ハデスの部屋に行ってきたいんだけど、……いいかな？」

母御は微笑んでうなずいた。

「そうなの？　じゃあ、チビちゃんたちは、私といっしょに、こっちでテレビでも観ていましょうか？」

テレビと聞いて、ニコが即座に手を挙げて返事をした。

「んっ！」

プンとベソも諸手を挙げて同意する。

「てぇび、おぇぁ、ちゅき！」

「ちっちゃ、ちと、いぅの、おもちぉ！」

陽太はハデスの手を取って促した。

「……じゃ、……行こ」

いとしい恋人は、なにをしていても愛らしいが、恥ずかしがる姿がもっとも愛らしいと、ハデスは思った。

2

隣室のドアを開け、入室したとたん。どちらからともなく抱き合っていた。

陽太は上目づかいにハデスを見て、いたずらっ子のように尋ねてくる。

「……エッチ、する……？　夕飯の支度するまでだから、ちょっとしか時間ねぇけど」

「そなたこそ、我の心が読めるようだな」

陽太も笑い返してくる。

「読めるに決まってんじゃん。あんた、すっげえしたがってる顔してたもん。一分一秒も待ちきれねえ、って感じ」

背伸びして、ハデスの頬を掌で両側から挟んで、唇にちゅっと軽くキスしてくる。

陽太がしてくれるくちづけが、ハデスは大好きだった。

「そのとおりだ。我は一分一秒でも早く、そなたと肌を合わせたいと願うておる」

言うなりハデスは、陽太の衣服を脱がせにかかった。

陽太の言うところの『貧乏アパート』というこの貸間は、比較的狭小なので、家具はベッドひとつしか置けなかった。

それでもハデスにとって、この部屋は愛する者と肌を重ねられる場所。喜びの神殿なのだ。

全裸にした陽太を、ベッドにそっと横たえる。

オリンポスには、若く美しい神族や人間の若者が大勢いたが、陽太は誰にもひけをとらぬほど美しい。

一瞬、心に不安がよぎる。

(……他の神々に狙われぬように気を付けねばな)

ハデスが一目惚れしたほどの美しさだ。他の者が陽太を見たら、間違いなく恋に落ちてしまうだろう。

神々は欲深い。

とくに弟ゼウスなどは、相手に拒まれても無理やり略奪してしまうほど、己の淫欲(いんよく)に歯止めの利かぬ神だ。

陽太は、自分が生まれて初めて愛した者。

生まれて初めて出逢った、自分を愛してくれる者。

たとえ他の神々と争うこととなっても、決して離しはしないと、ハデスはあらためて固く心に誓った。


ハデスがくちづけると、陽太はいつも小さく震える。

戸惑う気持ち。恥じらう気持ち。徐々に高まる快感。

陽太の想いは七色に光り輝き、ハデスの心に強い喜びを齎す。

ハデスはしみじみ言っていた。

「……………我は、……幸せである」

「うん。俺も」

「そなたが、我のくちづけで感じ、我の愛撫で身悶えてくれる。……我は、己の語彙の少なさに怒りすら覚える。この喜びを語る語句を、我は知らぬ。ゆえに、この感動の想いをそなたに伝えられぬ」

陽太は軽く微笑んだ。

「……いいよ。あんた、そのぶん表情豊かだし、……わかるよ。喜んでくれてるの。だから大丈夫。ありがと」

人の心を読める自身の能力を、これまでハデスは酷く疎んでいた。

このような力がなければ、冥界を統治するという役目は果たせないとわかってはいても、人の心を読むということは、あまりに苦痛を伴う行為であったのだ。

だが今は、この力が有り難かった。

この力があるゆえ、愛する恋人の感情の動きを読み取れる。

人の本心が必ずしも醜いものばかりではないことも、陽太は教えてくれた。

陽太の心は美しい。

荒々しい口調で話す時ですら、陽太の心中は他者への想いやりと慈しみに満ちている。

早急に肌を重ね、どちらも早急に達してしまった。

毎回のことながら、事後に二人で吹き出す。

「……ダメだ、俺。あんたにされると、……感じすぎて無理。すげえ気持ちいいんだもん。長くもたねーわ」

ハデスも笑い返した。

「我もだ。そなたとの交接は、この上もない快感であるゆえ」

「何回もしてたら、そのうち慣れるかな?」

「慣れても、慣れぬでも、よい。心地良さと幸福は変わらぬ」

「だな」

そのあと、陽太の言うところの『いちゃつく』という行為をした。

小鳥が啄むような小さなくちづけを繰り返したり、指先で頬を撫でたり、脇腹をくすぐったり、なにをしても陽太は愛らしく笑う。

さらには、陽太のほうからあれこれ仕掛けてきたりする。

陽太のしてくれることは、どれもひどく心を浮き立たせてくれるので、ハデスも声を上げて笑った。

「それにしても、この、声を出して笑うという行為は、大層楽しいものであるな」

「だろ？　俺も、あんたが笑ってるの見るの、大好き。ほんとに嬉しそうに笑うから、こっちも嬉しくなる」

「ああ、そういえば。――我は先日、ミノスらの前で少々笑んでしまったのだ。ふいにそなたとの睦言(むつごと)を思い出してな」

「え？　なに？　あの人ら、すげえびっくりした、とか？」

「ああ」

けらけらとおかしそうに陽太は笑った。

「うん。想像できるわ。でも、素のあんた見せてけば、あの人らも、だんだん見方変わってくはずだしさっ」

うむ。とハデスはうなずいた。

「そのようだ。以前ほど我を恐れなくなったようだ」

「あ、ストーブとか、どうだって？　うまく使えてるって？」

ハデスは毎日人界へと渡っているが、陽太も週に一度程度は冥界に渡っている。そのたびに、さまざまな物を差し入れてくれる。

先日渡した財宝を少しずつ売りさばいて物品を購入しているという話だが、母御の薬代として使う以外、己のためには一切使わない。残金はすべて他者に分け与えるつもりらしい。そういう陽太の謙虚さにハデスは感服した。

陽太はこれまで、ストーブ、ランプ、毛布、さらには菓子等を持ち込み、ハデスだけではなく、配下の者たちや女官たちへも配っていた。

最初は怪訝そうな顔で受け取っていた者たちも、すぐに人界の物品の便利さ、食物の旨さ、それから陽太の心の美しさに気づいたようで、今では陽太の訪いを待ち望んでいる様子だ。

「ほんに、……そなたは、人の心を和ませる天才であるな」

「え？　俺？　そっかぁ？」

「そなたが渡るようになってから、みなの表情が明るい。時折笑い声さえ聞こえる。これまでの冥界とはあきらかに違う有様となっておる」

陽太の顔に少々心配の色が浮かんだ。

「……えっと。……俺、自分勝手にいろんなことしちまってるけど、……ヤバイかな？　冥界って、暗くて寒くなきゃいけないとこ？」

ハデスも考えてみて、答えた。

「いや。そのような取り決めはない。考えるに、……今までの冥界は、我の心中を反映していたのではないかと思う。ゆえに、変化は大変喜ばしいことである」

陽太は安心したようにうなずいた。

「そっか。ならよかった」

抱きついてくれる陽太を、胸にきつく抱きしめる。

この、なにも身に纏(まと)わずに愛する者と触れ合うという行為は、なんと幸福な行為なのだろうと、毎回感動する。

陽太はつぶやくように言った。

「……俺、毎日、あんたのことばっか考えてる」

「我もだ」

「わかってると思うけど。俺、あんたとエッチするの、すげえ好き。すげえ、気持ちいい。あんたとこうしてるの、ほんと、嬉しい」

素直な言葉に涙が出てくる。

陽太は、くすっと笑った。

「あんた、ほんと、感情いっつもだだ洩れだな。すぐ笑うし、すぐ泣くし」

「ああ。我もそう思う」

「なんでも、『大層嬉しい』とか『大層心地よい』とか、おおげさに褒めちぎるし」

「幾度も言うておるが、褒めちぎっているのではなく、我は真実を語っておるのだ。心のままを顔と言葉に表すということが、我にとっては本当に心地よいのだ。許してくれ」

「許すとか、許さねぇじゃなくて、俺も嬉しいからいいんだけど、……でも、ほかのヤツの前でやったら、許さねぇぞ?」

陽太の心中に、初めて見る感情があった。不思議な色の光だった。

ハデスは尋ねてみた。

「そなたのそれは、……もしや、嫉妬という感情か?」

「……うん。そう」

ハデスの心に、また新たな感動が溢れた。

「そうか。そなたがいだいたその感情も、我は大層心地よい。我を想うがゆえの感情であるのだな?」

「決まってんじゃん。あんたが大好きだから、ほかのヤツにヤキモチ妬いてんの！　だって、あんた、すげえかっこいいんだもん。あんたは俺の恋人なんだから、ほかのヤツに笑いかけたり、ほかのヤツの前で泣いたりしたら、ヤじゃん」

なんと愛らしい言葉であろうか。

嬉しくて、笑みが零れるのを止められない。

陽太は、悔しそうにハデスの胸を叩いてきたが、その行為もまたいとおしくて、さらに笑ってしまった。

「ほんとにあんた、俺がなに言っても、なにしても、嬉しそうに笑うんだから」

「仕方あるまい。ほんに、嬉しくてたまらぬのだから」

ハデスは目を瞑ってみた。

瞼の裏に、強く輝く光が見えた。

それは『陽太』だ。

牢獄に囚われた昏(くら)く悲しき日々は、もう終わった。

今は心から信じられる者と、ともにいる。

ハデスは今の想いを口にしてみた。

「そなたと出逢ってから、我は、自らの胸に光が灯っておるのに気づいた」

「そうなんだ？」

「ああ。これは間違えようもなく希望の光であろう。今の我は、本心より、未来が楽しみなのだ」

陽太は、くすくすと笑った。

「じゃあ、飽きるほど楽しみにさせてやるよ。世の中には、あんたの知らないおいしいもんが山ほどあるし、あんたの知らない綺麗な心の人間も、山ほどいるんだぜ？　あんたには、これからいいことばっか起こるんだ。今までつらかったぶん、ぜ～んぶチャラになるくらい、嬉しいこととか、楽しいことが、いっぱいいっぱい待ってるんだ」

「ああ。今なら信じられる。そなたの言葉には、嘘がない」

陽太は瞳を合わせ、心中で告げてきた。

愛してる。

俺は嘘なんかつかねぇから、ずっと信じろよな？

大層嬉しかったので、ハデスもたまには本心を告げてみようと思った。

「陽太。――我も、ひとつ頼みごとを言うてもよいか？」

「ん？　なんだ？」

「そなたの胸の内が読めるというても、その言葉は、できたら口に出してもらいたいのだ」

「なんで？」

「直接言うてくれたほうが嬉しい。喜びが倍増する」

「……そっか。……うん。わかった。了解」

いとしい恋人は、ハデスの大好きな恥ずかしそうな笑みを浮かべながら、今度は声に出して言ってくれた。

「…………愛してる、ハデス。……これから先も、ずっとずっと、俺はあんたのことだけ愛してるよ」

あとがき

こんにちは。吉田珠姫です。今回は、題のとおり、『ケルベロスと名乗る激かわチビたちに懐かれ』た上に、『冥王ハデスと名乗る超絶美青年に惚れられてしまった』主人公が、オタオタわたわたしながら、みんなでいっしょに暮らす話です。

書いていて、とても楽しい話でした。とくにチビちゃんたちが、（陽太じゃないですが）なにをしゃべっても、なにをしても、萌え萌えでした（笑）。

と——ここで、陽太のお母さん、空知小夜子サイドから見たショートを入れますね。

小夜子は、悩んでいた。

（今日は、夕飯になにを作ろうかしら？）

カレー？　酢豚？　焼肉？　餃子？　……コロッケやメンチカツなんかもいいわね？

たぶん、ハデスさんが用立ててくれているのだろうけど、陽太がお金をたっぷり渡してくれるから、とても助かるわ。材料費を気にせずに、いっぱい作ってあげられるもの。

浮き立つ気分のまま、小夜子は出かける支度を始めた。

食材を買い出しに行っても、みんながたくさん食べるから、とてもひとりでは持ち帰れない。だからお店の人に配達してもらっている。量にすると、毎日段ボール二箱ほどだ。

忙しない日々だが、身体の調子はとても良い。こんなに元気なのは、生まれて初めてかもしれない。

「なにもかも、ハデスさんとチビちゃんたちのおかげね」

声に出して言って、小夜子はくすくすと笑い出してしまった。

（……それにしても、陽太が、閻魔（えんま）さまと恋仲になるなんて、ね）

最初は驚いたけど、ふたりがあまりにも深く想い合っているふうだったから、反対する気も起きなかった。それよりも、必死に隠そうとするふたりの様子が微笑ましくて、知らんぷりのお芝居をするのが大変だった。

人生って、なにが起こるかわからないものね、と小夜子はしみじみ思う。

息子が閻魔さまと恋仲になったのも驚きだったけど、閻魔さまが、あんなにハンサムで、謙虚で、お優しい方だったなんて。冥界の門番として恐れられているケルベロスちゃんが、あんなに可愛くて、素直で、いい子たちだったなんて。

（きっと、誰に言っても信じないわね）

本当に、人生というのはまったく先が読めないものだと思う。

こんなに素敵な贈り物が待っているなんて、以前は想像もできなかった。

今は、あらゆることが楽しみで、嬉しくてしかたがない。

（お父さんや、おじいちゃん、おばあちゃんに、いっぱい報告することができたわ）

そこでふいに、小夜子の頭にメニューが閃いた。

「そうだ！　今日はカレーにしましょう！　まだ作ってあげてなかったし。……あ、ハンバーグも載せて、サラダも作ったほうがいいわね！」

みんなの笑顔を想像するだけで、頬が緩んでしまう。

「カレーは、五箱くらいあったほうがいいかしら？　それと、お菓子も買わなきゃね」

うきうきした気分のまま、小夜子は弾むような足取りで玄関へと向かった。

　では、もう一話。すべての始まり、ケルベロスたちの覚醒時のショートです。

　耳の奥にこびりついて離れない言葉がある。

『おまえらの望みはなんだっ!?　逃がしてくれるなら、なんでも言うことを聞くぞっ?』

　それは、いつの事であったか。誰の叫びであったのか。

　曖昧模糊とした俺の思考に、俺の一部が応える。

（つまらぬ事を考えるな。亡者に決まっておろう）（ほかに話しかけてくる者などおらぬ）

　そこで、俺の一部がおかしな事を考えた。

（だが……ひとつわからぬ事があるのだ。おまえら、とは何だ?）

（いや、わからぬ。俺は俺だ）（俺も俺だが……では、今、俺に問うたお前は、誰だ?）

　しばしの間があった。胃の腑のあたりが、なにやら落ち着かない気分だ。

　すると、悲し気な返答があった。

（……俺は三つ頭の、おぞましき化け物だ。身体のどこが答えようと、どうでもよい）

（……そうだな。他者に忌み嫌われる存在なのだからな）（……ああ、そのとおりだ）

しばらくして、ケルベロスの、違う一部がまたおかしな事を考え始めた。

（ところで、望みとは何だ？　どういう事を言うのだ？）

（知らぬ。考えた事もない）（何かを希望するという意味であろうが、俺も考えた事はない）（俺はハデスさまから命じられた役目を遂行するのみ）（俺もそうだ）（むろん俺もだ）

またしばし時が経った。しばしといっても、数十年の間だ。

ふいに、ケルベロスの一部が語りかけてきた。

（………そうか。ぬしもそう思うのだな？　ハデスさまにご休憩いただきたいと？）

（ああ。望みを問われ、ようやく己の願いに気づいた）（うむ。俺も、それが願いだ）

ケルベロスは思い出していた。いつぞやの亡者とは違う亡者の叫びを。

『あんたたち、冥界の門番なんかしていても、本当は、万能の神族だろ？　だから、あんたたちが望めば、何でも叶うはずだ！　頼む！　人界に逃がしてくれ！　どうしても戻りたいんだ！』

ケルベロスの一部が苦笑まじりに応えた。

（ああ、あったな。そのようなことも）（ああ。確かにあった）（本当か嘘かはわからぬが、俺らが望めば、願いは何なりと叶うはずだと申しておったな。俺らは万能の神族だと）

（だが、どう願えばよいのだ？　どうすれば、ハデスさまは休んでくださる？）（あの生真面目な方が休まれるわけがなかろう）（ならば、俺らが門番の役目を放棄し、逃走したらどうだ？　追いかけてくださるのではないか？　その間だけも、ハデスさまは職務から解放されるのではないか？）（……なるほど、それは妙案だな）（だが、俺らは化け物だ。体躯が巨大すぎて、どこへ逃げてもすぐに見つかってしまう）

気づくと――『俺』たちは、互いに顔を見合わせていた。

（四の五の言うておっても仕方ない。とにかく、やってみるか？）（ああ。試してみる価値はあるな）（どの道、俺らにとって、時は永劫にあるのだからな）

そうして、数十年ほど願い続けたある日。

唐突に、ぼんっ！　というすさまじい音と衝撃が全身を襲ったのである。

何事が起きたかと目を開けたケルベロスは、眼前に二匹の仔犬がいる事に気づいた。

視線を落とし、自分の前脚を見てみる。驚くことに自分もまた幼犬となっていた。

成功だ！　普通の生物になれたのだ！

と、歓喜はしてはいたが、どうも思考がぼやけている。身体が分裂したため、容姿だけではなく、知能までもが三分の一か、それ以下になってしまったようだが……ようだ、としかわからない。今までのように思考が直接脳内に伝わってこないため、他の二匹と語り合う事もできないのだ。

しかし、それでもよかった。この姿なら、どこへでも行ける。

ケルベロスの一部だった一匹は、「きゃんっ！」と鳴いた。

ほかの二匹も決意を瞳に漲らせ、「きゃんっ！」「きゃんっ！」と鳴き返してきた。

言葉は伝わらずとも、瞳を見交わすだけで、考えている事が理解できた。

（ハデスさまに、おやすみ！）（おやすみ！）（さしあげる！）

そうして黒い仔犬となったケルベロスたちは、短い手足を必死に動かし、駆け出した。

尊敬する主のために。

残酷な生活を送る主に、せめてもの安らぎのひとときを差し上げるために――。